KB232422

김의성 新무협 판타지 소설
FANTASTIC ORIENTAL HEROES

마황지존 6

김의성 新무협 판타지 소설

초판 1쇄 찍은 날 § 2009년 10월 9일
초판 1쇄 펴낸 날 § 2009년 10월 15일

지은이 § 김의성
펴낸이 § 서경석

편집장 § 문혜영
편집책임 § 정서진
편집 § 유경화 · 조수희

펴낸곳 § 도서출판 청어람
등록번호 § 제1081-1-89호
등록일자 § 1999. 5. 31
어람번호 § 제2-1828호

주소 § 경기도 부천시 원미구 심곡2동 163-2 서경B/D 3F (우) 420-822
전화 § 032-656-4452 팩스 § 032-656-4453
http://www.chungeoram.com
E-mail § eoram99@chol.com

ⓒ 김의성, 2009

ISBN 978-89-251-1953-3 04810
ISBN 978-89-251-1661-7 (세트)

FANTASTIC ORIENTAL HEROES

마황지존

魔皇至尊

6

김의성 新무협 판타지 소설

완결

김의성
도서출판

처
음
부
터

目次

무림인이란 내공의 힘을 가진 초인(超人)을 말한다.

내공을 가지고 있지 않으면 어떤 무술을 사용한다고 해도 진정한 무림인이라 할 수 없다.

중원에 무림인이란 초인이 있는 것처럼 중원 밖의 세계에도 다른 형태의 초인(超人)이 존재한다.

마법사(魔法師)!

뜻을 풀이하면 마귀의 힘을 다루는 존재.

중원에도 좌도방문의 술법을 다루는 술사가 존재한다. 큰 의미에서 보면 비슷하지만 전혀 다른 체계의 힘을 사용한다.

중원에 기(氣)를 원천으로 삼은 내공의 힘을 사용하는 초인(超人)이 무림인.

마법이란 신비한 힘을 사용하는 것이 마법사다.

마법은 내공에 비해 매우 뛰어나다고는 할 수 없지만 활용도만 본다면 우월하다.

중원인들은 내공의 힘을 사용하는 자신들이야말로 최고이며 세계의 중심이라 생각하는데 그것은 실로 중원인이 가진 오만에 지나지 않는다.

어떤 이들은 마법은 존재하지 않는다고 말하는데 그렇다면 내공 또한 존재할 수 없다.

마법의 존재를 의심하고 부정한다면 내공 또한 그 존재를 의심하고 부정해야 하는 것이다.

내공과 마법은 결코 같은 힘은 아니나 자신의 존재를 인정하기 위해선 상대 또한 인정해야 하는 것이다. 그것이 이 세계를 이루는 근간이다.

마중마(魔中魔).

서양의 대마법사(大魔法師).

이면세계의 절대자.

그는 서양의 어느 귀족에게 귀속된 조각가였다.

조각가이긴 하지만 뭔가 역사에 남을 예술작품을 만드는 예술가는 아니었다.

귀족이 사용하는 가구나 목제물품 등에 문양을 새기는 일을 생업으로 한다고 할까나.

　그리 대단하진 않지만 노예나 평민에 비하면 비교적 부유한 삶을 대를 이어가며 살아갈 수 있었다.

　이때의 마법사 본인도 조각사의 삶을 살아갈 거라 생각하고 평온한 마음으로 하루하루를 보내고 있었다.

　삶이 어긋나기 시작한 것은 조각가의 영지를 지배하던 어느 귀족이 불로불사를 위해 사악한 흑마법에 빠져들었기 때문이다.

　세상에 존재하는 마법의 대부분은 가짜 혹은 사기꾼의 사기에 지나지 않았다. 설령 진짜가 있다고 해도 마법에 재능이 없으면 사용할 수 없다.

　마법은 내공에 비해 재능이 무엇보다 우선시되기에 사용하기 무척 까다로운 힘이었다.

　귀족은 마법에 재능이 없었지만 반드시 이루겠다는 의지와 근성으로 사용 가능한 모든 수단 방법을 동원하였다. 인간을 제물로 바치는 것 또한 주저하지 않았다.

　귀족은 몇백, 몇천 번의 실패로 절망하다가 재산을 탕진해가며 구입한 마법서를 읽고 영감을 얻은 후 조각사였던 마법사를 불러 자신의 성안에 거대한 마법진을 새기게 하였다.

　그것은 악마를 소환하는 마법진으로 실제로 이루어지지 않을 몇백만 분의 일의 확률로 악마가 소환되었다.

　악마가 소환되자 귀족은 기뻐하며 소리쳤다.

　"오오! 드디어 나의 꿈이 이루어졌구나. 계약자인 나에게 불로불사의 생명을 다오! 나를 제외하고 인간의 산 제물은 얼마든지 주마."

악마는 귀족의 소원을 들어주지 않았다.

오히려 육신은 갈기갈기 찢기고 영혼을 빼앗겨 악마에게 먹혀 사라졌다.

귀족은 원래 마법사를 제물로 바치려 했으나 마법진을 새겨 넣은 것이 다름 아닌 마법사였고 마법에 재능을 가지고 있었기에 귀족을 대신하여 진정한 계약자가 되었던 것이다.

"제물은 잘 먹었다. 계약자여, 너의 소원은 무엇인가?"

귀족의 죽음보다 더한 파멸을 보며 두려움에 떨던 마법사는 악마의 제의에 겨우 정신을 차리고 소원을 말하였다.

"나, 나는 마법사가 되고 싶다."

어째서 그런 소원을 빌었는지 대마법사가 된 지금조차 알지 못했다.

그땐 그냥 마법사가 되고 싶다고 말했을 뿐이었다.

그토록 대단했던 귀족이 마법사가 되고 싶어했기에 자신도 모르게 말했던 것일지도 모른다.

악마는 마법사가 가진 마법의 재능을 개화시키고 귀족이 가지고 있었던 미친 아랍인이 사후에 남긴 사악한 마도서 '알 아지프'를 통해 마법을 배우도록 하였다.

'알 아지프'가 가진 마법 중에는 이 세상 따위 단숨에 파멸시킬 수 있는 공포스런 존재를 소환하는 마법도 있다 하는데 그건 그쪽 세계 과장일 뿐이다.

각 종교마다 자신의 신이 최고이며 다른 종교의 신은 하찮은 악귀 취급하는 것이나 마찬가지로 세상을 멸망시킬 정도로 대단한 것은 아니었다.

하지만 결코 경시할 수 없는 마법으로 나라 몇 개는 멸망시킬 수 있는 대단한 힘을 가진 악마를 소환시킬 수 있었다.

이후 마법사는 악마에게 영혼을 빼앗긴 귀족의 재산을 가로채고 새로운 귀족이 되어 살아가게 되었다.

한동안 귀족으로서 평온한 삶을 보냈으나 얼마 지나지 않아 유행하게 된 마녀사냥에 수많은 고난을 겪게 된다.

마녀사냥의 대부분은 죄없는 사람들을 단지 자신들과 조금 다르다는 이유로 처단하는 것이 대부분으로 마법사에겐 별로 위협이 되지 않았지만 진심으로 마녀 혹은 마법사를 처단하는 조직만큼은 무시할 수가 없었다.

신을 섬기는 성기사들과 이교 집행관.

자신과 같은 마법사를 포함해 이면세계를 살아가는 수많은 괴물들.

당시의 마법사가 가진 힘은 결코 약하지 않았으나 아직 무적의 대마법사인 것도 아니었다.

책으로 기록한다면 최소 다섯 권은 넘었을 죽을 고비를 겪은 끝에 겨우 성기사와 집행관, 그 밖의 적들을 물리치고 평온을 되찾은 마법사는 앞으로 살아남기 위해선 더욱더 힘을 키워야 한다고 생각했다.

자신이 가진 마법서에 또 다른 마법서를 추가하여 가지고 있는 마법을 더욱 갈고닦는 것은 물론 신변을 호위하기 위한 제자 및 수호자를 키우기 시작했다.

악마(惡魔).

오래전 귀족이 소환했던 사악한 존재를 새로이 소환한 후 계약자가 아닌 정식으로 자신의 하인으로 종속시켰다.

흡혈귀(吸血鬼).

자신과 마찬가지로 성기사들에 의해 죽임을 당할 위험에서 구원해 주고 동병상련의 마음으로 자신의 양딸로 삼았다.

연금술사(鍊金術事).

불로불사의 약을 쫓아 연금술의 도시 프라하에 갔다가 다시 마법사인 자신을 찾아온 동양인을 제자로 삼았다.

도플갱어(변환자─變換子).

오랜 세월 수없이 변화한 끝에 자신의 정체성을 잃어버린 괴물을 자신의 하인으로 삼았다.

기사(騎士).

신앙심을 잃어버려 타락한 성기사에게 새로운 신념을 주고 수호자로 삼았다.

사신(死神).

중원의 역사보다 더욱 오래된 지역에서 활동하는 가장 오래된 자객이자 살인자들이었다.

본래는 산노인이라 불리는 이들로 서양인에겐 어쌔신이라 불리며 죽음의 대명사로 군림하고 있었던 것을 마법사가 찾아가 패배시킨 후 자신의 수하로 복종시켰다.

위에서 설명한 여섯이 육망성.

마법사를 섬기는 존재로 마법사는 이들과 함께 자신을 노리는 모든 적들을 물리쳤고 결국 이면세계를 군림하는 대마법사가 되었다.

이후 마법사는 자신에게 대적할 존재가 없는 상태로 지루한 나날을 보내다가 이미 궁극에 도달한 마법보다 상위의 학문인 과학(科學)을 공부하던 중 먼 친척인 귀족에 의해 중원에 존재하는 무림인에 대해 듣게 된다.

마법사는 무림인에 대해 흥미를 가지고 육망성의 일부를 대동하여 중원을 찾아갔다가 무림정복을 코앞에 둔 천년마교의 초대교주 절대천마와 맞붙게 된다.

마법사가 마법의 궁극이라면 절대천마는 무(武)의 궁극이라 할 수 있는 존재.

절대천마가 마법사가 가진 가공할 힘을 보고 경악한 나머지 진정한 마중마라 칭했던 것처럼 마법사 또한 절대천마가 발휘하는 가공할 무력에 감탄을 금치 못하였다.

실제로 절대천마와의 싸움 끝에 육체가 소멸에 이르게 된 것이다.

사실상 죽음이었다.

마법사는 죽어가면서도 여유를 잃지 않은 채 절대천마를 향해 웃으며 소리쳤다.

"하하하! 나를 죽이는 이 힘이 무공이란 말인가! 과연! 재미있구나! 좋아! 결정했다! 내가 다시 세상에 등장하게 되었을 땐 무림이란 곳을 이 세상에서 사라지게 만들어주마!"

절대천마는 천고의 고생 끝에 간신히 마법사를 물리쳤으나 마법사가 남긴 마지막 말에 두려움을 느끼며 무림의 생존을 위해 각오를 다지지 않을 수 없었다.

"마중마(魔中魔)! 실로 무서운 존재였도다. 언젠가 그가 다시 세상에 나타날 때에는 무림의 멸망을 막을 수 없을 것이다."

이후 절대천마는 무림정복을 포기한 채 마법사의 수하로 의심되는 마인들을 전부 자신이 만든 지옥에 처넣어 가둔 후, 자신이 아는 마공을 집대성하여 암화구천마경을 만들었다. 그리고 생명을 소모하여 천기를 읽은 후 장차 나타날 마법사와 맞서 싸울 후에, 모든 마공을 담을 수 있는 천마지체이자 세상 이야기의 중심에 설 마황(魔皇)이 될 존재가 나타나기를 기다렸다.

세월이 흘러 기다렸던 이가 나타났다.

백무용.

천마지체이자 이야기의 중심에 설 존재.

하지만 그는…….

第一章
반격하다

皇
魔
至
尊
마황지존

　천무대회로 인해 인적이 없었던 수련장이었으나 인간의 경지를 몇 단계 뛰어넘은 괴물 같은 둘의 싸움으로 흔적을 조금 남긴 채 폐허가 된 그곳에 만신창이가 된 작은 소녀 영영이 정신을 차린 듯 신음을 토해내며 몸을 일으켰다.

　"으음……."

　산산과 싸우며 큰 중상을 입었고 가진 힘을 전부 쏟아내었지만 주변에 가득한 대기(大氣)가 영영에게 무한의 힘을 보충해 주어 순식간에 상처를 치료해 버렸다.

　영영은 상반신만을 일으켜 책상다리로 바닥에 앉은 채 고개를 숙이며 정신을 잃기 전 자신의 패배를 떠올렸다.

“흠. 졌구나.”

사부에게도 버림받았다.

그런 현실에 절망할 것인가?

아님 자신을 무참하게 패배시켜 버린 산산에 대한 복수를
다짐할 것인가?

영영이 선택한 것은 둘 중 어느 것도 아니었다.

“어쩔 수 없지. 진 건 진 거니까.”

사부인 와비우가 패배한 영영을 쓸모없다며 버린다고 말
하였는데 정작 영영의 마음은 전혀 아프지도 가렵지도 않았
다.

쓸모없으니 버린다니.

사부여, 지금 무슨 헛소리를 하느냐고 말해주고 싶은 생각
조차 들었다.

아이쿠! 저를 버려주셔서 정말 고맙습니다.

감사를 표하고 싶었지만 그 말을 하기도 전에 그만 정신을
잃고 말았다.

영영은 세상의 그 무엇보다 강인한 육신 못지않게 마음 역
시 강했던 것이다.

고작 한 번의 패배로 망가지지 않는다.

어디 한 번뿐이랴. 설령 백 번을 지더라도 죽지만 않는다면
극복해 낼 만한 강인함을 가지고 있었다.

그것과 별개로 지금 당장은 산산과 싸워 이길 자신은 없었

기에 천무대회는 포기하기로 결정했다.

천무대회를 포기한 이상 할 일은 하나뿐이다.

"그럼 동생을 찾으러 가야겠네."

하오문의 지배자인 야왕(夜王)이 직접 가르쳐 준 정보에 의하면 동생은 십만대산에서 살고 있다고 한다.

마도최강의 고수라 불리던 천마지존(天魔至尊) 갈석천이 바로 영영의 동생이었다.

"어라! 생각 이상으로 거물이 되었구나. 정말 장하네."

영영은 실패작이자 최종병기로 봉인되어 수십 년의 세월이 흘렀기에 동생이 할아버지가 되었다는 사실을 알고는 있었지만 실감하지는 못하였다.

아연하게 훌륭하게 성장한 동생을 한 번 만나봤으면 좋겠다고 생각할 뿐이다.

그런 이유로 십만대산까지의 길을 알고 있을 가면 오빠 백무용에게 십만대산까지 안내하도록 할 생각이었다.

산산이 두 번 다시 만나지 말라고 위협했지만 영영은 그에 대해 약속도 긍정도 한 적은 없었기에 그냥 무시해 버리기로 하였다.

이것은 영영 나름의 작은 복수이기도 했다.

"헤헤! 그럼 부탁하러 가볼까."

말도 많고 탈도 많았던 천무대회가 끝났다.

우승자는 산산.

천무오룡을 포함해서 수많은 강적들을 모조리 물리치고 천무학관의 정점에 오른 것이다.

역대 최연소이자 여자의 몸으로 천무대회를 우승한 것이기에 더욱 대단했다.

와! 내 제자라서 하는 말이 아니라 정말 대단하구나!

참고로 나는 방민호의 육신을 뒤집어쓴 살문의 삼강 한마유지오를 날려 버린 후 소동이 커지기 전에 재빨리 기권하고 도망쳐 버렸다.

가면마회의 총수로 위장했었는데 비무에서 보여주었던 너무 강한 무위에 의문을 품은 몇몇이 조사한 결과 가면마회의 총수가 아니라는 사실이 밝혀졌다.

그럼 천무대회에 출전한 그는 누구인가?

모두의 머릿속에 떠오른 이는 단 한 명뿐이었다.

가면마(假面魔)!

천무학관의 수많은 기재들 및 무사부들을 습격하며 악명을 날렸던 가면마는 검후에 의해 패배하고 무림맹의 지하 감옥에 들어갔다고 하는데 그런 가면마가 천무학관의 중요행사에 다시 등장한 것이다.

이 사건은 천무학관은 물론 무림맹을 조롱하는 일이라 할 수 있었다.

진정한 협객으로 이름 높았던 검후의 명예조차 한순간 거짓말쟁이가 되어 바닥으로 떨어질 정도였다(검후의 뛰어난 미모로 인해서 진정한 잘못은 가면마가 탈출하게 만든 무림맹에 있다라고 정정했다). 무림맹은 다시 나타난 가면마를 부정했지만 증거를 보이지 못해 어느 누구도 믿지 않았다.

다시 나타난 가면마에 대한 소문은 시간이 흘러도 가라앉지 않았고 중원 전역에 일파만파 퍼져 나갔기에 한동안 자숙의 시간을 가지기로 하였다.

어쨌든 천무대회가 끝난 것을 축하하기 위해 천무학관에서 큰 잔치를 벌인다고 하였다.

잔치를 하는 천무학관을 찾아갈 생각은 없지만 객잔에서 아는 이들끼리 모여 술을 마시며 즐길 생각에 준비를 하려는데, 귀찮은 녀석이 내가 있는 곳을 어떻게 알고 찾아와 반갑게 인사했다.

"안녕~!"

영영은 나를 향해 반갑게 손을 흔들었고 덕분에 사람들의 시선이 일순 나에게로 모아졌다.

다시 나타난 가면마에 대한 소문으로 사람들의 시선에 신경이 쓰인 나로선 인상을 쓰지 않을 수 없었다.

"젠장! 나랑 아는 척하지 마."

나는 도망치려 했지만 영영은 재빨리 달려나와 그런 나의 앞을 막아섰다.

"어라? 왜 도망쳐? 오빠, 내가 반갑지 않은 거야?"

도주에 실패한 나는 손을 들어 얼굴을 덮으며 고개를 내저었다.

"후우. 너 말이야, 나타날 때마다 사고를 치는데 너 같으면 반갑겠냐?"

"사고! 아아! 걱정 마. 이번엔 오빠의 부하를 두들겨 패지 않았으니까."

영영은 뭔가를 크게 착각한 듯 불과 며칠 전에 박살 냈던 부하 삼인방에 대해 선심을 썼다는 듯 말하는데 실로 어이가 없었다.

"그 녀석들 아직 병상에 누워 치료 중이다."

이 자리에 없으니 설사 패고 싶어도 팰 수 없는 몸인 것이다.

"그딴 사소한 이야기는 그만 하기로 하고 약속대로 나를 십만대산으로 데려다 줘."

"내가 언제 그딴 약속을 했냐!"

나의 정체를 두고 협박을 하기에 어쩔 수 없이 생각해 보겠다고 말했을 뿐이다.

설사 약속했다 해도 나는 절대 아니라 주장할 것이다.

나의 말에 영영은 평소와 비교하면 무척 심각한 표정을 지으며 중얼거렸다.

"흠, 남아일언중천금이라는데. 약속을 어겼으니 더 이상 남자가 아니라는 거네. 앞으론 언니라고 불러줄까? 언니."

“언니라고 부르지 마!”

“언니가 싫으면 나와의 약속을 지켜!”

“그러니까 그런 약속 한 적 없다니까!”

“그럼 역시 언니네.”

“언니 소리는 그만 해!”

아무래도 결론이 나지 않을 것 같았다.

젠장! 정신 나간 계집애와 말싸움하는 것도 귀찮은데 후딱 데려다 줄까.

평범하게 마차나 배를 타면 아무리 빨리 가도 한 달 이상은 걸리겠지만 초절정에 이르는 경공술을 사용하면 십만대산까지 일주일 안에 도착할 수 있을 것 같았다.

내심 고민하고 있는데 구원자가 나타났다.

“두 번 다시 나타나지 말라고 말했을 텐데…….”

무림맹의 높으신 분들과 함께 있어야 할 산산이 실로 음산한 목소리로 영영을 위협한 것이다.

자기 하고 싶은 대로 행동하는 천방지축 괴물인 영영에게 과연 산산의 위협이 통할까? 의구심이 들었지만 결과는 놀랍게도 위협이 통했다.

“아차차! 무서운 애가 나타났네.”

영영은 산산이 나타나자 등을 보인 채 날아가듯 도망쳐 버린 것이다.

빠르다! 도망치는 게 너무 빨라!

　죽일 듯 살기를 내뿜었던 산산은 영영이 너무도 쉽게 도망
치자 쫓아갈 마음이 사라진 듯 보였다.
　"너희 둘 사이에 도대체 무슨 일이 있었던 거냐?"
　"세상의 이치를 가르쳐 주었을 뿐이에요."
　"세상의 이치?"
　뭐가 그렇게 대단한 거냐?
　"저와 사부님과의 관계 말이죠."
　"……."
　나는 순간 할 말을 잃었다.
　으음. 뭐랄까, 안 그래도 상상을 초월한 무의 재능에 부담
스러웠던 산산이 더욱더 부담스러워지는군.
　"나는 더 이상 너에게 가르칠 것이 없으니 그만 하산하도
록……."
　움직이지 않으려는 입을 움직여 농담을 내뱉었지만 산산
은 실로 심각한 어조로 대꾸하였다.
　"아니요. 저는 아직 사부님에게 배울 것이 많습니다. 사부
님, 앞으로도 가르침을 부탁드려요. 평생."
　마지막 말에 실로 엄청난 부담을 느끼지 않을 수 없었다.

　산산이 나타나자 뒤도 돌아보지 않은 채 도망쳤던 영영은
어떻게 할까, 한참을 고민하다가 자신에게 동생의 정보를 준
하오문의 우두머리 야왕을 찾아가기로 결정했다.

야왕은 뒷세계에서 알짜 중의 알짜라 할 수 있는 소주의 지
배를 건 시기에도 싸움에 참여하지 않은 채 세상의 정보를 모
으면서 그를 바탕으로 여러 가지 장사를 하고 있었다.

하오문을 유명하게 한 정보를 파는 장사는 물론 흑도문파
끼리의 싸움에 무기를 터무니없을 정도의 싼 가격에 팔아 제
법 짭짤한 이득을 얻었다.

터무니없을 정도의 싼값에 무기를 팔았는데 어떻게 이득
을 얻었느냐, 사실을 알고 보면 꽤 놀라운 것이었다.

싼값에 제공하는 대신 싸움에서 승리하게 되면 이득의 이
할을 받는 것이었다.

이 할은 실제로는 어쨌든 언뜻 보기엔 하찮은 수준에 불과
했고 지금 당장의 싸움이 급한 흑도문파에 있어서 눈앞의 이
득이 훨씬 중요했을 것이다.

그런 식으로 결코 손해는 아닐 이득을 챙겼는데 야왕의 놀
라운 점은 전쟁 중인 양쪽 세력 모두에게 무기를 싼값에 팔았
다는 것이다.

싸움에서 패배한 쪽은 자연스럽게 그들이 가진 건축 및 토
지를 여러 방식을 거쳐 국법으로 정당하게 야왕에게 넘겨주
기로 되어 있었다.

물론 이러한 일들은 하오문을 통해 철저하게 정보를 조작
해서 그러한 사실은 들키지 않았다.

두 세력 모두 아무것도 모른 채 야왕을 자신의 편이라 착각

하고 있었다.

그러한 야왕의 진정한 정체를 어느 누구도 모른다는 것이 무서운 점이었는데, 각 흑도문파의 수장들이 야왕이라 알고 있는 이들은 신분을 위장한 대리인에 지나지 않았다.

영영이 찾아간 야왕은 신분을 위장한 대리인이 아닌, 명실공히 야왕 본인이었다.

영영으로서는 진짜든 가짜든 동생에 대한 정보만 정확하다면 신경 쓰지 않았다.

어쨌든 현재 야왕의 비밀거처는 놀랍게도 정마의 기재들이 무공을 수련하는 천무학관 내의 수련동이었다.

이쯤 되면 다들 눈치 챘겠지만 하오문의 지배자 야왕은 다름 아닌 당문 역사상 최고의 천재 신기 당문천이었다.

개인수련장이자 개인공방에서 가면마의 갑옷을 포함해서 병기를 연구 중이던 당문천 앞에 영영이 등장하는 동시에 암가 이십칠호가 모습을 드러내며 살기를 내뿜었다. 그러한 암가 이십칠호에게선 자신의 주인은 반드시 지킨다는 집념이 절절하게 느껴졌다.

"괜찮다. 물러나라."

당문천은 암가 이십칠호를 물러나게 한 후 영영을 향해 포권을 하였다.

"투희께선 어쩐 일로 저를 찾아오셨소?"

당문천의 인사에 영영은 조금 쑥스럽다는 얼굴로 호탕하

게 웃음을 터뜨렸다.

"하하하! 무서운 사람이 나타나서 도망쳤어."

"호오. 어느 그 누가 투희를 도망치게 만들었소?"

"산산."

"과연. 그 아이라면 충분히 도망칠 만하지. 나도 그 아이가 노려보면 제법 무서워 도망치고 싶어지오."

"하하하! 이제 보니 나와 너는 동반상련이네."

"……."

동반상련이 아니라 동병상련이지만 당문천은 백무용이 아니었기에 사람 좋은 미소를 지을 뿐 그에 대해 딴죽을 날리지 않았다. 하지만 그것과 별개로 호기심이 생겨 그에 대해 물어보지 않을 수 없었다.

"산산이란 아이가 가진 재능은 그야말로 전설의 천무지체라 불릴 만하지만 용인(龍人)인 투희에겐 아직 상대가 되지 않을 터인데 어찌 된 일이오?"

"글쎄? 사부님이 뭔가 수작을 부린 것 같은데."

영영의 사부는 살문의 삼강 중에서 선인 살해자 와비우와 살문의 사신 한마 유지오를 말한다.

설명을 보충하자면 삼강 중 나머지 일인인 용살자 무칠은 사부가 아니었다. 그는 마음 내키는 대로 날뛰는 맹수이기에 누굴 가르칠 입장은 아니었다. 일종의 싸움 상대에 지나지 않는다고 한다.

당문천은 그들이 이곳 소주 어딘가에 있다는 것은 파악하고 있었지만 그 이상 얻어낸 정보는 없었다. 하오문의 눈이나 코를 퍼뜨려 조사하려고 해도 흔적도 없이 사라질 뿐이었다.

당문천은 하오문의 눈과 코가 흔적도 없이 사라진 것을 통해 살문의 삼강이 지금 어디에 있는지 얼추 파악할 뿐이었다.

"그대의 사부님이라. 자세한 설명을 부탁드려도 되겠소."

당문천의 물음에 영영은 순순히 고개를 끄덕여 주었다.

"응, 좋아. 나도 어떻게 하고 싶었는데. 역시 제약이 있는 나로선 안 되더라고."

당문천은 자신이 알고 있는 여러 정보와 영영에게 들은 이야기로 결론지어 현재 일어나고 있는 대부분의 상황을 파악하였다.

"흠. 아무래도 내가 처리해야겠군."

당문천은 그렇게 말하며 그동안 연구하고 있었던 갑옷과 가면을 착용하고 자신의 애병이자 소형철포인 청룡을 손에 들었다.

그러자 당문천은 누가 봐도 훌륭한 가면마가 되었다.

"응? 그렇게 차려입고 뭘 할 생각인데?"

"지금 당장 살문의 삼강을 칠 생각이오. 친한 친구가 곤경에 빠졌으니 도와주지 않으면 남자가 아니지 않소.”

살문의 삼강을 치겠다는 당문천의 말에 영영은 순간 멍한 표정을 지었으나 이내 재미있다는 듯 폭소를 터뜨렸다.

“하하하! 제법이잖아, 야왕!”

“지금의 나는 야왕이 아니오. 가면마 이호라고 불러주시오.”

“가면마 이호?! 하하하! 좋아! 한번 해보자고!”

해가 저물고 어느샌가 밤이 되었다.

당문천은 자신의 정보와 영영의 육감을 이용해 현재 살문의 삼강 중 한 명이 은신해 있는 장소를 찾아내었다.

그곳은 폐기들이 살아가는 밑바닥 집창촌으로 그곳 어딘가에 살문의 삼강 중 일인인 용살자 무칠이 백무용과의 싸움에서 입었던 상처를 치료하기 위해 요양 중이라 한다.

“저 안에서 찾아내는 게 문제인데.”

“문제없소. 저곳을 불태우면 되는 것이오. 당문엔 그런 종류의 약품이 있소. 내가 직접 연구하여 만든 것도 있고.”

“우와! 이제 보니 엄청 나쁜 놈이었네. 불을 지르면 몇 명이나 죽을 거라 생각하는 거야?”

“아마도 거의 대부분은 죽을 것이오. 하지만 나와 관계없는 이가 내가 지른 불에 타 죽든 말든 아무래도 관심없소만. 투희께선 무슨 문제 있소?”

“아니, 없어. 사부를 상대하기 위해선 어쩔 수 없지.”

“그럼 시작하겠소.”

당문천의 말이 끝나기 무섭게 집창촌의 곳곳에서 불길이 치솟았다.

영영에게 자신의 계획을 말하기 훨씬 전에 부하들을 시켜 방화를 준비해 두었던 것이다.

화르르르!!

“불이야! 불이야!”

“까아아악! 사람 살려요!”

“어째서 불이!”

불길은 순식간에 집창촌을 집어삼켰고 난데없이 일어난 불에 사람들의 비명 소리가 울려 퍼졌다가 순식간에 사라졌다. 아마도 불길에 휩싸인 채 죽음을 맞이한 것이리라.

재앙이 아닌 재앙에 언제나 얼굴에 웃음이 가득한 채 힘이 넘쳤던 영영은 내심 마땅치 않다는 표정을 짓고는 당문천을 노려보며 말했다.

“저런 걸 직접 보고 있으니 새삼 네놈이 엄청 나쁜 놈이라는 것을 느꼈어.”

영영의 말에 당문천은 희미한 미소를 지으며 대답했다.

“그렇게 마음이 들지 않았다면 어째서 말리지 않았습니까?”

“설마 진짜 불을 지를 줄 몰랐지.”

불을 지른다고 말했을 때 농담이라 생각했다.

하오문의 지배자로 야왕이라 불릴 정도니 결코 좋은 사람은 아니라는 것은 알고 있었지만 목적을 위해 아무 죄책감도 없이 수백 명을 불태워 죽일 사람이라곤 생각하지 못했던 것이다. 살문의 살인귀조차 형님으로 모셔야 할 정도였다.

재능과 별개로 하늘이 내린 대악당.

산산이 어째서 당문천을 싫어하는지 알 수 있는 진정한 이유라 할 수 있었다.

"지금이라도 막으면 되지 않겠습니까. 오행의 힘을 자유롭게 다루는 당신의 능력이라면 충분히 가능할 것 같은데."

"아! 그런가?"

영영은 그제야 깨달았다는 표정을 지으며 불을 끄려 하다가 그만두었다.

"지금 내가 나선다 해도 너무 늦어버린 것 같네."

집창촌의 대부분 집들은 낡은 목재로 만들어져 있었고 당문천은 불을 지를 때 기름과 함께 불에 잘 타는 특수한 약품을 사용하였기에 불길은 엄청난 속도로 번져 나갔다. 다시 말해 처음 불길이 치솟는 순간 대부분의 사람들은 불에 타 죽어버린 것이다. 이제 와서 불꽃을 꺼뜨린다고 해서 살아 돌아올 수 있는 사람은 단 한 명도 없었다.

"슬슬 나올 때가 되었군요."

"그런 거 같네. 자신은 있어?"

"글쎄요? 한 번 해봐야……."

"그런 쪼잔한 자신감을 가지고 불을 지른 거였어?!"

"자신감이 없으니 불을 지른 거지요."

당문천의 대답이 끝나는 동시에 집창촌을 가득 뒤덮은 불길 속에서 유일한 생로―평범한 사람은 결코 살아남지 못한다―를 통해 전신이 불꽃에 휩싸인 구 척의 거대한 원숭이가 빠른 속도로 달려나왔다.

살문의 삼강 전설의 신수 용을 사냥한 무칠이었다.

"저기 있군요."

당문천은 산책을 하다가 발밑에 기어다니는 벌레를 발견한 듯 담담하게 말하며 청룡을 들어 겨누고 방아쇠를 당겼다.

쫘아앙!

폭음과 함께 청룡을 통해 포탄이 날아갔다.

"크크큭! 가소롭다!"

무칠은 자신을 향해 날아오는 포탄을 손으로 튕겨낸 후 그대로 달려들어 당문천을 갈기갈기 찢으려 하였다.

다음 순간,

쫘아― 아아앙!!!

처음의 폭발보다 더욱 큰 폭발이 일어나며 자신을 향해 날아온 포탄을 후려쳤던 무칠의 팔은 그대로 산산조각나 버렸다.

"크아아아악! 내 오른손이!!"

무칠은 박살이 난 자신의 오른손을 붙잡은 채 고통에 찬 비명을 터뜨렸다.

영영은 그런 무칠의 모습을 믿을 수 없다는 표정으로 바라보았다.

"어떻게 박살 낸 거지?"

무칠의 육체의 강인함은 자신과 비교해 조금 손색이 있지만 그걸 감안해도 웬만한 공격에 상처 하나 입지 않는다. 설사 상처를 입었다 해도 순식간에 본래의 상태로 돌아간다.

그런데 당문천은 소형대포로 발사한 포탄으로 무칠의 오른손을 날려 버린 것이다.

더욱 놀라운 사실은 박살난 무칠의 오른손 안쪽이 지글지글 타 들어가며 회복력을 지연시키고 있었다.

"염염독(炎炎毒)이 효과가 있군요."

"염염독?"

"제가 만든 독입니다. 그리 화력은 강하지 않지만 한번 불 붙으면 절대 꺼지지 않은 채 재가 될 때까지 타 들어가지요. 죽여도 죽지 않는 괴물을 잡는 덴 최고죠."

"꺼지지 않는 불이라니. 세상에 그런 게 어디 있어!"

"흐음. 꺼지지 않는 불을 부정하면 평범한 사람도 배우기만 하면 초인이 되는 내공이나 기(氣) 또한 그런 건 있을 수 없다고 존재를 부정해야 할 겁니다. 용의 힘을 가지고 있는 당신도 마찬가지입니다."

"그건 그렇지만……."

당문천은 자신이 이루어낸 일은 별거 아니라 말하며 청룡에 탄환을 재장전하고는 오른손이 날아간 고통에 바닥에 주저앉아 있는 무칠을 향해 방아쇠를 당겼다.

쫘아앙!

폭음과 함께 날아간 포탄은 무칠의 머리를 꿰뚫고 커다란 구멍을 만들었다.

음속의 몇 배를 뛰어넘은 마신검의 오의 공간참에도 살아남았던 무칠은 당문천의 손에 실로 허무한 죽음을 맞이했다.

제아무리 불사신 괴물이라 해도 머리가 날아가면 죽는다.

머리가 날아가도 죽지 않는 괴물도 있을지 모르지만 무칠은 머리가 날아가면 죽는 쪽이었다.

"대단해. 정말로 죽였잖아."

"어려운 상대였습니다."

"쉽게 이긴 것으로 보이는데."

"아니요. 불을 지르지 않은 채 정면에서 정정당당하게 맞붙었다면 저라고 해도 제법 고생을 했을 겁니다. 하지만 남은 둘은 그리 쉽지 않을 겁니다."

"확실히 사부님은 무섭지. 단순히 강함만을 따지면 내가 훨~ 씬 강하지만 사부님의 힘은 그것과 별개랄까."

"후후후. 더욱더 만나보고 싶은 마음이 사라지는군요."

"그래도 만날 거지?"

"예. 여러 가지로 곤경에 처한 친구를 도와야 하거든요."

"훗. 미친 원숭이를 죽이기 위해서 네가 저지른 일은 결코 용서하지 못하겠지만 친구를 위하는 것만큼은 마음에 드네."

"칭찬의 말 감사합니다."

"흥! 별로 칭찬하는 거 아니다."

집창촌을 불태우는 것을 시작으로 용살자 무칠의 죽음까지 설명은 제법 길지만 실제 걸린 시간은 반다경도 채 지나지 않았다.

다시 말해 다른 살문의 삼강이 눈치 채고 달려왔을 땐 이미 모든 상황은 종료되었다. 집창촌을 집어삼킨 불조차 순식간에 사그라들어 어느새 잿더미만을 남겼다.

잿더미만 남은 집창촌과 무칠의 시체를 바라보며 기가 막히다는 듯 말하는 이가 있었다.

"도저히 믿기지 않는군. 무칠의 성격상 오래 살지 못할 거라 생각은 했지만 이렇게 빨리 생각지도 못한 녀석의 손에 가게 될 줄이야."

옷차림은 평범한 서생이나 얼굴만은 끊임없이 변화하는 괴인이 당문천과 영영의 앞에 나타나 어이없다는 듯 말하였다.

살문의 삼강 선인 살해자 와비우였다.

당문천은 와비우를 향해 포권을 하였다.

"살수 세계의 전설인 살문의 삼강께 인사 올리겠습니다.

정체를 숨기고 있는 저의 행동은 용서해 주시길."

"가면마를 흉내 내어 정체를 숨겨봤자 네가 누군지 알고 있다. 하오문의 지배자 야왕! 아니, 사천당문 최고의 기재 신기 당문천이라 불러야 할까."

"과연. 저의 정체를 꿰뚫어 보셨군요. 하지만 저 또한 당신의 진정한 정체를 알고 있습니다."

"하하! 감히 네놈이 내 정체를 알고 있다고? 헛소리 마라!"

"아니요. 저는 절대 헛소리를 하지 않습니다. 저의 정보력을 우습게 보지 마시길. 최소한 현재 위장하고 있는 정체는 파악하고 있습니다. 지금 이 자리에서 증명해 보이는 것이 좋을까요?"

"어디 마음대로 해봐라. 헛소리를 내뱉은 후 세상에서 가장 끔찍한 죽음을 안겨주지."

당문천은 가면으로 가려진 얼굴엔 미소를 가득 담은 채 끊임없이 변화하는 와비우의 현재 정체를 말하였다.

"천무의술원의 창조조가 아닌지요."

당문천의 그 말에 끊임없이 변화하던 와비우의 얼굴이 한순간 노인의 것에서 멈춘 채 한 가닥 식은땀이 볼을 타고 흘러내렸다. 참고로 현재 와비우의 얼굴을 한 노인은 고려의 선인으로 와비우를 선인 살해자로 불리게 한 당사자였다.

"…헛소리가 아니었군."

처음부터 죽일 생각이었지만 자신의 정체를 알게 된 이상

더더욱 죽여야 한다, 라고 생각한 와비우가 자신의 생각을 실행에 옮기려는 순간!

"잠깐! 질문이 있습니다!"

살문의 삼강 둘이 등장한 후 쭉 아무 말 없었던 영영이 손을 들며 힘차게 소리쳤다.

영영의 힘찬 외침에 모두의 시선이 그녀에게 집중되었다.

그중 당문천이 고개를 끄덕이며 말했다.

"무엇이 궁금한 겁니까?"

"아! 그러니까 저는 천무의술원의 의원인 창조조라는 분과 두 번 만난 적이 있는데 분명 사부님이 아니었거든."

자신의 손으로 죽인 투승을 다시 되살리려 소주에 왔을 때와 며칠 전 백무용과 함께 했던 술자리에서 또 한 번 만난 적이 있었다.

"확실한 겁니까? 저분은 부모조차 알아보지 못할 정도의 변장의 달인이신데."

와비우는 살문 삼강 중에서도 최강의 고수인 선인 살해자로 유명한데 와비우가 가진 가장 무서운 능력은 변환 능력이었다.

단순히 변장을 뛰어넘어 다른 사람으로 완벽하게 변환해 버리는 것이다.

겉모습은 물론 내면까지 완벽하게 변화하기에 친구와 연인, 그 사람을 낳고 키우신 부모조차 알아보지 못할 정도의 놀라운 능력이었다.

와비우는 자신의 변환 능력을 사용하여 고려 백두산에 은거하고 있던 선인을 살해하여 살문의 삼강 중 용살자 무칠은 물론 최고의 사신인 한마 유지오조차 뛰어넘은 살문 최강의 존재로 불리게 된다.

영영은 그런 와비우의 변환 능력을 파악할 수 있다고 말하고 있는 것이다.

"응, 확실해. 감이지만. 나의 감은 구 할 구 푼의 확률로 정확하지."

영영이 가지고 있는 감은 단순한 말이나 이치로는 설명할 수 없는 초능력의 영역이었다.

당문천은 영영이 용의 힘을 가진 용인임을 알고 있었기에 영영의 말을 인정하고 고개를 끄덕였다.

"그렇군요. 그럼 그에 대해 설명하겠습니다."

"부탁해."

"알고 보면 간단한 이치입니다. 투희가 만났던 창조조는 본인이 맞았을 겁니다. 즉, 가짜와 진짜가 두 명 모두 존재하고 있었던 겁니다."

"으음. 뭔 소리를 하는지 모르겠네."

이해력이 부족한 듯 영영은 당문천의 말에 눈동자가 빙글빙글 회전하고 있었다.

당문천은 검지를 들며 찬찬히 설명을 이어나갔다.

"일반적으로 가짜가 진짜와 바꿔치기하여 마치 본인인 것마냥 활동하게 되면 가짜는 자신의 정체를 들키지 않기 위해서 진짜를 살해하는 것이 보통이지만 예외도 존재하기 마련이죠. 즉, 진짜와 가짜가 협력관계였다면 어떨까요?"

영영은 그제야 이해한 듯 오른손으로 왼손 손바닥을 내려쳤다.

"아! 그렇구나. 내가 만났던 창조조는 진짜였고, 사부는 가짜 창조조로서 활동하고 있었단 말이구나."

"예, 그렇습니다. 아마도 창조조로 위장하여 선단을 퍼뜨리는 등의 여러 가지 일을 했을 겁니다."

"흥! 잡담은 잘 나누셨나? 신기 당문천. 이제 죽을 준비는 되었겠지."

살문의 삼강이 죽음을 선고하였지만 당문천은 결코 평정을 잃지 않았다.

"죽기 전에 물어볼 것이 있습니다."

"흥! 뭐냐?"

"제 친구인 백무용을 어째서 몇 번이나 공격하는 겁니까? 어떤 이유가 있을 것이라 생각하는데 둔한 저의 머리론 모르겠군요."

"하하하! 내가 그걸 가르쳐 줄 거라 생각하는가? 나를 바보로 아는 건가?"

"설마 그럴 리 있겠습니까? 하지만 이유에 따라선 도와드릴 생각도 있습니다."

"후후후. 그래. 곧 내 손에 죽을 네놈이 사실을 안다고 해도 상관없겠지. 아니, 설사 죽지 않는다 해도 상관없다."

"뭔가 엄청난 비밀인 것 같습니다."

"그렇다. 살문을 통해 계속해서 백무용을 공격하여 궁지 속에 몰아넣는 것에는 나를 포함한 육망성의 위대한 스승! 그분의 부활이 걸려 있기 때문이다."

"육망성? 위대한 스승?"

당문천은 이해되지 않는 듯 중얼거리는 가운데 와비우는 즐겁다는 듯 웃음을 흘렸다.

"후후후. 알고 있는지 모르겠지만 백무용은 절대천마의 후예. 절대천마가 남긴 무공은 궁지에 몰수록 강해지게 되고 절대천마의 무공을 완성하는 순간 위대하신 스승님은 수백 년 전의 약속에 따라 부활하게 될 것이다."

"……."

당문천은 와비우가 내뱉은 말에 침묵한 채 골똘히 생각에 잠겼다.

와비우는 생각에 빠진 당문천을 무시한 채 고개를 돌려 영영을 바라보며 말을 이었다.

"나에게 있어선 실패작에 불과한 어리석은 제자여, 너와는 두 번 다시 볼일이 없을 거라 생각했는데."

영영은 돌연 하늘을 바라보며 그녀 특유의 호쾌한 웃음을 터뜨렸다.

"하하하! 전에 말하려다가 못했는데, 사실 사부가 나에 대해 실패작이니 뭐니 말했던 거 그다지 신경 쓰지 않거든. 사부님이 실망한 사실에 오히려 기뻐!"

"이것들이!"

와비우가 분노하며 살수를 행하려는 순간 당문천은 한발 빨리 청룡을 들어 겨눈 채 방아쇠를 당겼다.

짜아앙!

폭음과 함께 포탄이 와비우를 향해 날아갔다.

무칠은 자신의 힘을 믿고 손으로 포탄을 튕겨내려다가 낭패를 보았지만 무칠과 달리 포탄을 피해 몸을 날렸다.

꽈쾅!!

포탄이 떨어진 자리는 크게 폭발하며 무시무시한 불꽃을 뿜어내며 지면이 붉게 녹아 흐르기 시작했다.

불사신에 가까운 무칠의 육신조차 불태워 버린 염염독(炎炎毒)이 포탄에 넣어졌던 것이다.

이름을 붙인다면 염염탄(炎炎彈)!

"과연!"

당문천은 와비우가 포탄을 피한 것에 감탄했다는 듯 고개를 끄덕이며 청룡에 포탄을 장전하였다.

그런 가운데 몸을 피했던 와비우가 당문천의 머리 바로 위 허공에서 모습을 드러내며 소리쳤다.

"나를 흉포하기만 한 무칠과 똑같이 생각하지 마라!"

와비우는 내공이 가득 실린 수도로 포탄을 장전하느라 무방비해진 당문천의 머리를 힘껏 내려쳤다.

그 순간!

"만천화우!"

사천당문의 궁극비기가 당문천의 입에서 나직한 소리로 흘러나왔다.

"뭐?!"

와비우의 놀란 외침과 함께 당문천이 착용한 갑주가 돌연 폭발!

갑주의 파편이 아닌 무수히 많은 암기가 와비우를 향해 쏟아졌다.

꽈꽈꽝!!

"큭!"

와비우는 자신을 향해 날아오는 엄청난 양의 암기에 신음을 토해내며 반탄지력을 만들어 자신의 몸을 방어하였다.

그러는 동안 당문천은 장전을 끝마친 후 암기로 인해 고생하고 있는 와비우를 향해 청룡의 방아쇠를 당겼다.

꽈아앙!

폭음과 함께 발사된 포탄은 평범한 포탄이 아니었다.

흔히 무공의 경지를 표현할 때 나오는 검강이나 도강은 일종의 기(氣)의 집약체로 병기의 강도를 더욱더 단단하게 하고 날을 예리하게 만들어 무엇이든 벨 수 있게 만든다.

포탄에 강기가 실리면 어떻게 될까?

거기에다 소형대포 내부에 새겨놓은 강선에 의해 회전력이 더해진다면?

이름하여 강기탄(剛氣彈)!

강기탄은 빠른 회전과 함께 전진, 무수한 수의 암기를 막아 내던 반탄지력을 가볍게 꿰뚫고 그대로 와비우의 심장을 파괴해 버렸다.

"크어억!"

심장의 파괴에 고통에 찬 비명을 터뜨리는 와비우!

용살자 무칠에 이은 살문 삼강의 두 번째 죽음인 건가?

아니,

"이 내가 죽을 것 같으냐!"

와비우는 절체절명의 순간 살문의 삼강 중에서도 최강이라 불리게 만든 변환 능력을 사용했다.

중원인에겐 결코 존재하지 않을 금모청안(金毛靑眼)의 홍모귀의 여인 흡혈귀 희희로 변환하였다. 흡혈귀가 가진 권능 중 하나인 불사의 회복 능력으로 포탄에 의해 파괴된 심장을 복원시켰다.

서양의 전설에 의하면 흡혈귀는 심장에 말뚝을 박아 넣으면 죽는다고 하는데, 와비우가 변화한 희희는 특별한 흡혈귀로 엄청난 회복 능력에 의해 심장을 파괴하는 것은 물론 머리를 날려 버려도 순식간에 회복하여 결코 죽음에 이르지 않았다.

흡혈귀의 가장 큰 약점인 한낮의 태양 빛조차 태양 빛에 타 들어가는 것보다 재생 능력이 압도적이라 가벼운 화상조차 입지 않는다.

와비우의 변환 능력은 흡혈귀 희희가 가진 불사의 권능을 완벽하게 재현하였다.

"이거 정말 놀랍군요."

당문천은 와비우가 보여준 변환 능력에 정말 놀랍다는 듯 말하면서도 두 손을 결코 놀리지 않은 채 청룡에 포탄을 장전했다.

와비우는 파괴되었던 심장이 원래대로 회복되자 다시 한 번 변환 능력을 사용하여 영영의 모습이 되었다.

"이런 실패작이 아닌 완성품이 되기를 원했지만, 아직 준비가 되지 않는 이상 어쩔 수 없지. 하지만……."

와비우의 변환 능력은 어느 사람의 모습이라도 완벽하게 변화할 수 있지만 변화한 사람의 능력이나 마음속까지 완벽하게 재현하기 위해선 몇 가지 조건이 필요했다.

변화한 상대의 뇌를 포함해서 피와 살을 먹는다. 그렇게 하면 그 사람이 가지고 있는 능력과 기억을 손쉽게 재현할 수 있다.

와비우의 진정한 정체 도플갱어(변환자—變換子)의 권능이었다.

변화할 상대의 뇌를 먹는 게 어렵다면 피나 살을 먹는 것으로 상대가 가지고 있는 능력을 어느 정도 모방할 수 있다. 양이 많을수록, 가장 최근의 것을 먹을수록 효과가 좋다.

와비우는 제자인 영영의 뇌를 먹지 않았으나 피와 살을 섭취하였고 영영의 모습과 함께 용의 능력을 사용할 수 있었다.

"앞으로 대포 따위의 하찮은 무기에 상처 입는 일은 없을 것이다."

금강용린(金剛龍鱗) 이단계 형태 적룡린(赤龍鱗)!

변환 능력으로 영영의 모습이 된 와비우의 피부는 적룡의 붉은 비늘로 가득 뒤덮였다.

그런 와비우의 가슴을 향해 강기탄이 날아와 작렬했다.

꽈꽝!!

"후후후. 지금의 나에겐 통하지 않는다."

와비우의 말대로 붉은 비늘로 뒤덮인 몸에는 상처 하나 존재하지 않았다.

"과연. 그런 것 같군요."

당문천은 와비우의 말을 인정했다는 듯 말하면서도 청룡에 포탄을 재장전했다.

"나에게 대포 따위 통하지 않는다는 걸 모르는 건가?"

"과연 그럴까요?"

당문천은 그렇게 말하며 청룡을 와비우가 아닌 자신의 발밑을 겨누고 방아쇠를 당겼다.

꽈쾅!

요란한 폭음과 함께 발사된 포탄을 통해 뿌연 연막이 피어 올랐다.

당문천은 피어오르는 연막에 삼켜져 자연스럽게 모습을 감추었다. 그리고 보니 영영의 모습도 어느샌가 사라지고 없었다. 즉, 도망친 것이다.

"이 자식! 이제 와서 무슨 개수작이냐!"

와비우의 분노의 외침이 하늘 가득히 울려 퍼졌다.

第二章
와비우의 최후

魔皇至尊

마황지존

와비우는 온 신경을 곤두세운 채 연막탄은 물론 사방을 살
펴보았지만 당문천의 기척은 느껴지지 않았다.

"은신의 대가이기도 한 나의 눈을 피하다니……."

사천당문 역사상 최고의 천재라고 하더니 빈말은 아닌 듯
했다.

암기와 독을 다루는 능력 및 책략은 그렇다 쳐도 몸을 숨기
는 은신술까지 뛰어날 줄은 생각지도 못했다.

"젠장! 현재 나의 위장체가 무엇인지도 알고 있으니 참으
로 골치 아프게 되었군."

협력관계인 창조조를 찾아가 설명할 시간도 없을 것 같으

니 이대로 몸을 숨긴 채 떠나는 것이 좋을 것이다.

아직 백무용이 용혈환을 복용하여 각성하거나, 절대천마가 남긴 무공을 완벽하게 사용하지도 못한 사실, 그리고 드디어 찾아낸 완성품 산산을 잡아먹어 모습과 능력을 빼앗지 못했던 사실이 무척 아쉬웠지만 지금으로선 포기하는 게 좋을 것 같았다.

마침 마교에선 다른 육망성이 손을 써 무림 파괴의 대업을 진행 중이니 그쪽에 합류하여 날뛰는 것도 나쁘지 않을 것이다.

결론을 내린 와비우가 영영의 모습에서 다시 끊임없이 변화하는 괴인으로 돌아가는 순간, 분명히 사라졌던 당문천이 자연스럽게 등장하였다.

"헤어진 지 얼마 안 되지만 다시 만나게 되어 반갑습니다."

"네 녀석!"

"아무래도 삼강의 변환 능력엔 제약이 있는 것 같군요. 예를 들어 시간적인 제약이 있지 않습니까?"

"흥!"

"분한 표정을 짓는 것을 보건대 제 말이 맞는 모양이군요."

당문천의 말대로 와비우의 변환 능력에는 시간적 제약이 존재했다.

시간적 제약이 없었다면 와비우야말로 무적에 가장 가까운 존재가 되었을 것이다.

겉모습만을 위장하는 것은 수백 년의 세월을 유지하는 것도 불가능하지 않지만 상대방이 가진 능력을 사용하게 되면 반 각의 시간도 채 견디지 못할 것이다.

피와 살뿐 아니라 뇌를 먹으면 변환 시간이 조금 늘어나는데, 그것 또한 대략 반 시진 정도에 지나지 않았다. 또한 한 번 변환했던 상대는 하루의 시간을 기다려야 다시 그 모습으로 변환할 수 있다는 제약이 있었다. 다시 말해 와비우는 하루가 지나기 전에 다시 영영으로 변환할 수 없었다.

"젠장!"

와비우는 욕설을 내뱉으며 방금 전의 당문천처럼 연막탄을 터뜨린 후 은신술을 사용해 몸을 숨겼다.

"후후후."

당문천은 유쾌한 듯 웃으며 청룡을 들어 와비우가 몸을 숨긴 연막탄의 연기 속을 향해 방아쇠를 당겼다.

꽈아앙!!

와비우는 등 뒤로 날아온 강기탄에 의해 왼손이 어깨부터 날아갔음에도 도주를 멈추지 않았다.

애송이를 피해 도망친다는 사실이 실로 굴욕적이지만 스승님의 부활을 이루지 못한 채 허무하게 죽을 수는 없었다.

와비우는 자신이 언제 어떻게 태어났는지 모른다.

그에 대한 기억이 없는 것이다.

뭐, 사람은 대부분 자신이 어떻게 태어났는지 기억하지 못하지만 부모와 가족으로부터 자신의 탄생과 성장에 대해 듣기 마련인데 와비우는 부모와 가족이 없었던 것이다. 아니, 그런 게 있었을지 모르지만 기억이 없었다. 아니, 너무 많은 기억에 의해 뒤섞여 구분할 수가 없었다.

와비우는 인간이 아닌 모습 변환자라는 괴물이었던 것이다.

서양에선 도플갱어라 부르기도 하는데 자신의 모습을 한 도플갱어와 마주치게 되면 얼마 지나지 않아 죽음을 맞이한다고 한다.

그 이야기는 사실이었다.

와비우는 다른 사람의 모습으로 변화한 후 자신이 변화한 사람을 잡아먹는다.

자신이 변화한 사람의 피와 살을 먹는 것은 물론 머릿속의 뇌를 먹으면 기억까지 완벽하게 이어받아 진짜와 다름없게 된다.

끔찍하다고 생각하기 쉽지만 인간도 배가 고프면 소와 돼지를 먹는 것처럼 와비우 또한 배가 고프면 인간을 먹는 것에 지나지 않았다. 살기 위한 본능이다.

다른 사람으로 위장한 채 사람을 잡아먹으며 얼마의 시간이 흘렀을까?

와비우의 머릿속에는 자신이 잡아먹은 사람들의 기억들로

가득 채워졌고 한계에 이르자 자신의 정체성을 잃은 채 미칠 정도가 되었다.

결국 수많은 사람들의 기억을 감당하지 못한 채 폭주하여 살기 위해서가 아닌 마구잡이로 사람들을 죽이기 시작했고, 급기야 신을 섬기는 성기사와 이단심문관을 포함해서 괴물을 사냥하는 전문가들이 나타나 와비우를 죽이려 하였다.

그런 와비우를 구원해 준 것이 바로 마법사였다.

마법사는 와비우의 머릿속에 복잡하게 혼재된 기억을 봉인시키고 적당한 인격을 만들어준 후 자신의 제자로 삼아주었다.

와비우는 마법사의 제자가 된 후 자신의 기억을 다루는 마법을 배워 사람의 뇌를 먹을 때 흡수하는 기억 중 필요없는 것은 지워 버려 광기에 이르지 않게 되었고, 자신의 변환 능력을 발전시켜 단순히 모습과 기억을 따라 하는 것만이 아닌 강한 능력까지 완벽하게 사용할 수 있게 만들었다. 물론 앞서 설명했듯이 변환 능력에는 시간적인 한계가 있다.

와비우는 전보다 훨씬 강해졌고 인간에 가까워진 것을 스승인 마법사의 덕분이라 생각하고 은혜를 절대 잊지 않고 보답할 것이라 생각했다.

마법사는 모든 점에서 완벽했기에 은혜를 보답하고 싶어도 보답할 수가 없어 그저 옆에서 모시는 것으로 만족할 수밖에 없었는데 상상도 못했던 사건이 일어났다.

세상의 중심이라 착각하여 자신이 사는 곳을 중원이라 부르는 무지렁이들이 사는 동방의 촌구석에서 위대한 스승님이신 마법사가 죽음을 맞이한 것이다.

마법사는 마법의 궁극의 경지에 이르렀기에 설사 죽는다 해도 정말로 죽는 것이 아니었지만 어째서인지 스스로 부활할 생각을 하지 않았다.

절대천마라는 촌무지렁이와의 약속 때문이었다.

그의 후예가 나타날 때까지 마법사는 자신의 부활을 기다리기로 한 것이다.

부활한 후에 무림이란 곳을 없애 버린다고 말씀하였다.

와비우로서는 실로 분통이 터질 일이었지만 동시에 위대하신 스승님께 입은 은혜를 갚을 절호의 기회라고 생각했다.

스승님이 수고할 필요 없이 불초 제자의 손으로 무림을 없애 버린다.

무림이 가진 힘은 생각 이상으로 막강했지만 마법사를 포함해서 온갖 초월자들과 괴물들이 우글거리는 세계의 뒷면과 비교하면 가소로울 지경이었다.

와비우가 생각하기엔 스승님의 다른 제자들과 힘을 합치면 무림을 없애 버리는 것은 손쉬운 일이라 생각했다.

하지만 너무 빨리 무림이 멸망할 시, 자칫 절대천마의 후예가 나타나지 않아 스승님이 부활하지 못하게 될 가능성이 있었다.

더구나 스승님의 제자인 육망성들은 각자 개성이 강하고 생각하는 바가 달라 와비우가 원하는 대로 움직일 수가 없었다.

그래도 한 가지의 생각만은 일치하였다.

위대하신 스승님 마법사의 부활을 바라고 있었다.

와비우는 그나마 생각이 맞는 사신과 협력하여 중원의 살수들을 끌어 모아 살문이란 살수 단체를 만들고 살수 세계의 여러 전설들을 인위적으로 만들었다.

살인자의 세계는 무림보다도 오래되었다.

악마의 영혼을 가졌다는 살인귀!

일정 시간마다 행해지는 살인유희!

그 모든 것이 와비우와 사신에 의해 만들어진 가짜!

물론 사실도 뒤섞여 수백 년의 시간이 지나니 진짜와 다를 게 없어졌고 사람들은 전부 사실이라고 믿게 되었다.

와비우와 사신은 살문의 숨은 지배자가 되어 무림 멸망 계획의 초석을 만들면서 절대천마의 후계자가 나타나기를 기다렸다.

참으로 오랜 세월을 기다린 끝에 십만대산에서 자리 잡고 있었던 연금술사 창주주를 통해 절대천마의 후계가 나타났다는 사실을 알게 되었다.

설명을 덧붙이자면 연금술사 창주주는 육망성이지만 마법

사의 제자는 아니었다.

마법사의 제자였던 연금술사는 자신이 만든 철학자의 돌 안에 몸과 영혼이 녹아 스며들어 사실상 이 세상에서 사라져 버렸다.

세상에 남겨진 철학자의 돌과 함께 사명을 이어받은 이대가 바로 창주주였다.

창주주는 일대에 이어 자신만의 방식으로 철학자의 돌을 연구하여 만들려 하는 동시에 사조인 마법사의 부활에 협력하였다.

자신의 가문을 통해 살문에 선단을 공급해 준 것을 포함해서 십만대산에 살면서 주시하다가 절대천마의 후예가 나타나자 그 사실을 알려준 것이다.

마도의 세계에서 마황이라 불리는 백무용이었다.

와비우가 만들려 했으나 실패해 버렸던 최강의 살인마 천마지존을 쓰러뜨리기도 하였다.

오오! 드디어 스승님이 부활하시는 건가?!

하지만 마법사는 부활하지 않았다.

절대천마의 후예가 나타났지만 절대천마의 무공을 완벽하게 이어받지 못했던 것이다.

젠장! 그럼 내가 직접 각성시켜 절대천마의 무공을 이어받게 만들어주마!

와비우는 백무용에게 여러 고난과 강적을 보내어 한시라

도 빨리 절대천마의 무공을 익히도록 만드는 것과 함께 용혈
환을 복용시켜 강제적으로 능력을 각성시킬 계획도 세웠다.
　그랬던 것이 당문천이라는 놈이 나타나 자신을 궁지에 몰
아넣은 것이다.
　"두고 보자! 이 수모는 반드시 갚고야 말겠다!"

　당문천에게서 도주한 와비우가 향한 곳은 천무학관 천무
의술원이었다.
　처음엔 마교로 도망칠 생각도 했지만 왼팔이 날아간 사실
에 분이 치솟아 이대로 당하고 끝낼 수는 없다고 판단했던 것
이다.
　천무의술원엔 창조조가 있었는데 그녀는 창주주의 후손으
로 가문 전체가 상호 동의하에 협력하고 있었다.
　"어라? 다치셨나요?"
　창조조는 약탕을 끓이는 작업을 하고 있었는데 갑자기 나
타난 와비우의 왼팔이 날아간 모습을 보고 조금 놀란 표정을
지었다.
　"별거 아니니까 신경 쓰지 마라. 그보다 그거 준비되었
지?"
　"예, 물론이죠."
　"그럼 당장 움직이게 해라!"
　"수위님에게 쓰실 건가요?"

"아니. 계획을 변경한다. 당문천 그놈을 죽인다."

"어머나!"

창조조는 깜짝 놀란 듯 소리쳤지만 아무런 주저 없이 자리에서 일어나 어딘가로 향하더니 승복을 입은 봉두난발의 남자를 데려왔다.

영영에 의해 죽음을 맞이한 후 창조조의 치료로 기적적으로 되살아났으나 후유증으로 기억을 잃은 무림십대고수의 정점 삼무성 중 일인 투승이었다.

그는 죽음에서 되돌아오기 위해서 선단을 다량으로 복용시켜 막 각성한 상태의 몸이었다.

각성한 천마지존에 필적하는 능력을 얻어 진정한 금강불괴의 능력과 함께 필살의 일격인 금강파천을 뛰어넘은 신의 권을 사용할 수 있었다.

여기서 놀라운 점은 정신을 어느 정도 제어한다고 할까.

꼭두각시 인형으로 명령을 내릴 수 있는 것이다.

"좋아! 당문천을 죽이게 해라."

"알겠어요."

창조조는 고개를 끄덕인 후 투승에게 명령을 내렸다.

"당문천이 누구인지 알지요?"

"……."

투승은 아무 말 없이 고개를 끄덕였다.

"그분을 죽여주세요."

　창조조의 명령이 끝남과 동시에 투승은 명령을 행하기 위해 몸을 날렸다.

“놓쳐 버렸군.”
　당문천은 와비우를 놓쳐 버린 것이 아쉬운 듯 말하며 다음 한 수를 생각했다.
　도망친 와비우가 소주를 떠났다면 잡기는 무척 어렵지만 소주에 계속 남아 있다면 아직 기회는 있다.
　다만 또 다른 살문의 삼강인 한마 유지오를 포함해서 조력자를 데려온다면 그건 고심해야 할 문제였다.
　초강자들과의 싸움에선 하오문의 부하들은 그다지 쓸모가 없었다.
　어릴 적부터 자신을 섬기는 암가 이십칠호는 그나마 쓸모가 있지만 살문의 삼강들에겐 안 될 것이다.
　그들을 상대로 제대로 맞서 싸울 수 있는 사람은 누가 있을까?
　친구인 백무용의 얼굴이 떠올랐지만 이내 고개를 내저었다.
　사실 이 일은 친구를 위해 시작한 일이니 도움을 청할 수도 없었다.
　그럼 누구에게 도움을 청해야 할까.
　“저를 도와주실 수 있으시겠습니까?”

당문천의 물음에 불과 일 장여 떨어진 지면이 좌우로 갈라지더니 그 안에서 영영이 솟구치며 모습을 드러내었다.

영영은 오행을 다루는 능력을 사용하여 땅속에 몸을 숨기고 있었던 것이다.

사실을 말하자면 영영으로 변화한 와비우에게서 도망쳐 몸을 숨겼을 때에도 영영의 도움을 받았었다.

"그건 무리야. 사부의 명령에 절대복종까진 아니더라도 어떻게 할 수가 없어. 정신적으로 그렇게 되어 있어."

영영의 말에 당문천은 어쩔 수 없다는 듯 고개를 끄덕였다.

"그럼 큰일이로군요. 아무래도 살문의 삼강께서 조력자를 데려올 텐데. 일대일의 상황이 아닌 이상 저 혼자선 어렵습니다. 저 역시 조력자가 필요합니다."

"가면 오빠는 어때?"

"안 됩니다. 그를 위해서 시작한 일인만큼 제가 한 일에 대해 알려줄 수는 없습니다."

"하긴, 목적을 위해서 수백 명의 사람을 불태워 죽였으니까."

"그것도 있었군요."

당문천은 자신이 저질렀던 엄청난 악업을 영영의 말을 듣고 나서야 겨우 생각났다는 듯 말하였다.

영영은 질렸다는 표정을 지으며 다른 이의 이름을 언급했다.

"사부님을 상대로 싸울 수 있는 괴물이 한 명 있는 것 같은데."

"산산. 그 아이를 말하는 거군요."

"응. 그 녀석은 자신의 사부이기도 한 가면 오빠의 일이라면 무슨 일이든 할 수 있을 테니까."

"과연. 저를 무척 싫어하는 정의의 협객이지만 무용 그 친구의 일이라면 분명 도와줄 것입니다."

당문천은 영영의 의견을 따라 산산에게 도움을 청하기로 하고 천무학관으로 향하였는데 그런 당문천을 향해 무서운 속도로 다가오는 이가 있었다.

승복을 입은 봉두난발의 사나이.

삼무성의 한 명 투승이었다.

"앗! 땡중이다!"

"흐음. 무척 위험해 보이는군요."

당문천의 말대로 세상에서 가장 위험한 것 중 하나가 투승일 것이다.

투승은 목표인 당문천을 발견하자 주먹을 움켜쥐며 그대로 돌진하여 힘껏 내질렀다.

투승이 내지른 주먹은 음속을 몇 배 돌파했다.

신(神)의 권격(拳擊)!

아니, 불가의 승려가 내지른 주먹이니 부처의 권이라 불러야 할까?

물론 자비는 없지만.

우우우웅!!

공간이 일그러지더니 이어 무시무시한 충격파가 당문천이 있는 곳을 후려쳤다.

꽈꽈꽈꽈꽈!!

가히 산이라도 날려 버릴 듯한 폭발과 함께 그 자리에 있던 모든 것이 파괴되는 것과 동시에 태풍에 휩쓸린 듯 공중으로 날아올랐다.

살문 세력의 팔 할을 전멸시켰던 투승류 금강파천 수법이 신의 권으로 몇십 배 위력이 더해진 결과였다.

"죽는 줄 알았습니다. 구해주셔서 감사합니다."

무시무시한 충격파에 파괴된 파편과 함께 공중으로 치솟았음에도 큰 상처 없이 멀쩡한 당문천은 조금 더 높은 자리에서 자신의 왼손을 붙잡고 있는 영영을 향해 감사를 표하였다.

영영은 싱긋 웃으며 고개를 내저었다.

"설마, 너라면 나의 도움이 없어도 어떻게든 살 수 있는 녀석일 거라 생각하는데."

"과찬이십니다."

"과연 그럴까."

"그보다, 오는군요."

당문천이 가리킨 곳엔 투승이 허공답보의 경공술로 몸을

날린 채 돌진해 오고 있었다. 주먹을 쥐는 모양새가 또 한 번
방금 전의 공격을 날릴 것 같았다.

영영은 돌연 미친 듯 광소를 터뜨렸다.

"아하하하하하하하하! 유일하게 나를 쓰러뜨린 괴물 녀석
이나 사부가 아닌 이상 어떤 괴물이든 자신있다고! 얼마든지
상대해 주마!"

영영은 붙잡고 있던 당문천의 왼손을 놓아준 채 투승을 향
해 빠른 속도로 하강하며 충돌하였다.

꽈꽈꽈— 꽈꽝!!

황금빛과 오색이 난무하는 대폭발!

그사이 당문천은 지면에 착지하며 두 괴물의 싸움이 만들
어낸 여파를 바라보며 휘파람을 불었다.

"휘유! 두 분 모두 정말이지 대단하군요."

그런 당문천의 옆에 암가 이십칠호가 모습을 드러내며 말
했다.

"주인님, 이곳은 위험합니다. 즉시 안전한 곳으로……."

"아니. 당장 만날 사람이 있다."

산산은 실력을 인정받아 얻게 된 자신만의 독실에서 휴식
을 취하고 있었는데 당문천이 방문하자 노골적인 적의를 드
러내며 독설을 내뱉었다.

"어떻게 죽여 드릴까요?"

백무용이라면 '죽인다는 말을 쉽게 하지 마!' 라며 딴죽을
날렸겠지만 당문천은 특유의 사람 좋은 얼굴로 부드럽게 미
소를 지으며 말했다.

"허허허. 부탁이니 나를 죽이거나 하지 말아라."

대부분의 여자라면 당문천의 미소 섞인 말에 홀딱 넘어갔
겠지만—유부남이다—산산은 적의에 살기를 더했을 뿐이었
다.

"찢어 죽여 드리지요."

농담 같아 보이지만 진심에 가까운 말이기에 당문천으로
서는 자칫 목숨이 날아갈지 모를 위기의 순간이었지만 여유
를 잃지는 않았다.

"나를 죽이기 전에 네 사부님을 노리는 녀석을 먼저 죽여
줬으면 좋겠는데."

백무용에 대한 말이 나오자 산산의 두 눈이 황금빛으로 번
뜩였다.

용혈환을 복용하여 혼원공을 완성한 후 감정이 격해지면
기세가 몸 밖으로 뿜어져 나오는 현상이었다.

당문천은 산산의 안광에서 느껴지는 기세와 그 의미를 깨
닫고 흠칫 놀랐지만 겉으론 표현하지 않은 채 미소로 대답을
기다렸다.

"대략 짐작 가는 이들이 있습니다만."

"그중 한 명을 내 손으로 없애 버렸지. 내 유일한 친구를

자꾸 귀찮게 하는 것 같아서 말이지."

당문천의 그 말에 산산은 손으로 입을 가리며 부드럽게 웃음을 터뜨렸다.

"호호호. 저의 사부님을 위해 손을 더럽혀 주신 건 무척 고마운 일이지만, 당신을 죽일 이유가 늘었군요."

"어째서?"

"제 손으로 죽일 생각이었거든요."

"과연. 나에게 공을 빼앗겼다고 느낀 모양이군."

"홍! 지금이라도 당장 사부님에게서 떨어지세요. 사부님에겐 당신같이 추악한 악인은 친구로서 어울리지 않아요."

"어릴 적부터 쌓아온 사내들의 우정을 고작 일 년도 안 되는 연을 가진 사제지간 주제에 너무 쉽게 생각하지 말아줬으면 좋겠군."

"홍! 그딴 하찮은 우정 필요하지 않습니다. 냄새나는 축생의 오물통에 버리세요."

"허허허! 역시 자네의 말은 언제나 독해. 내 유일의 친구 다음으로 마음에 들어. 나의 작은 그릇 가지고는 제자로 삼는 것이 불가능하겠지만 친구로 삼고 싶을 정도요."

"홍! 저는 당신이 무척 싫네요. 그러니까 빨리 죽으세요."

"허허허!"

산산은 당문천과 사이좋게(?) 대화를 나누는 동시에 자신의 사부 백무용을 귀찮게 했던 것들을 쓸어버릴 준비를 끝마쳤다.

　와비우는 바보가 아닌지라 투승을 보내는 것만으론 결코 안심하지 않았다. 즉시 다음 수를 준비하였다.
　소주 전역에 선단을 퍼뜨려 만들어놓았던 선단 능력자들이 바로 그것이었다.
　선단은 복용만 하면 노력하지 않아도 쉽게 내공이 높은 수준으로 강해지고 재능에 따라선 이능력을 가지게 되는데, 창조조는 이를 선단 능력자라 이름 지었다.
　살문의 상위 조직의 살수들 또한 선단을 복용하여 수련 시간에 비해 높은 수준의 무공을 가지고 있었다.
　와비우는 선단을 복용한 선단 능력자들을 지배할 수 있었다.
　와비우뿐 아니라 마법사의 제자인 육망성이라면 누구나 지배할 수 있었다. 그렇게 만들어진 것이다.
　이를 이용해 무림을 없애 버릴 계획도 있었는데 예외가 있다면 도시 하나가 아닌 무림 전체에 퍼뜨릴 분량의 선단을 만들 수가 없고 강인한 정신력을 가진 고수에겐 통용되지 않기에 파기되었다.
　절정을 넘어 초절정에 이르는 높은 수준의 고수들은 선단을 복용해도 정신지배까지는 어려운 모양이다.
　창조조가 투승을 꼭두각시로 만든 것을 보면 방법에 따라선 지배할 수도 있어 보이지만 그것은 극히 드문 일로 사실상 기적에 가깝다고 할 수 있었다.

와비우는 선단 능력자 중에서 싸움에 쓸 만한 절정고수 이상의 상위 능력자를 불러 한자리에 집결시켰다.

천무학관의 자랑스런 인재들은 물론 무사부도 몇 명 끼어 있었다.

모두 합해서 열다섯 명.

그들에게 보유하고 있던 선단을 치사량에 조금 못 미칠 정도로 복용시켜 무공 및 선단 능력을 한계까지 끌어올린 후 행동에 옮기려 하였다.

"복수를 시작해 볼까."

자신만만하게 나서는 순간!

꽈꽈꽈꽝!!

무시무시한 폭발이 와비우를 포함하여 최상급 선단 능력자 열다섯 명을 모조리 휩쓸어 날려 버렸다.

당문천의 행동이 조금 빨랐던 것이다.

"크억!"

와비우가 생각지 못한 공격에 중상을 입은 채 신음을 토해내며 고개를 들어 올리니 당문천이 빙글빙글 웃는 얼굴로 바라보고 있었다.

"막상 대면해 보니 싱겁군요."

"크윽! 이 자식……."

와비우는 욕설을 내뱉으면서도 선단 능력자가 자신을 구해줄 거라 생각했지만 현실의 덧없는 희망에 불과했다.

왜냐하면 산산이 눈에 보이지 않는 무서운 속도로 움직이면서 상급 선단 능력자 열다섯 명 전원을 순식간에 제압해 버린 것이었다.

"완성품……."

와비우는 산산의 모습에 절망 섞인 신음을 토해내었다.

산산은 모든 할 일을 끝마치고 와비우에게로 다가와 특유의 독설을 내뱉었다.

"저를 이상한 이름으로 부르지 마세요. 귀가 썩어요. 이제 곧 제 손에 죽을 테지만……."

산산은 자신이 내뱉은 말을 실행에 옮기려는 듯 완성된 혼원심공의 황금빛 검강이 실린 검을 들어 올려 내려치려 하였다.

"잠깐! 너의 탄생에 대한 비밀을 알고 있다! 그에 대해……."

와비우의 말은 살기 위해 내뱉은 거짓말은 아니었다.

와비우는 자신이 사용할 변환체이자 비장의 무기로서 최강의 살인마로 만들려 했던 천마지존이 살문에서 도망치고 영영은 실패작으로서 봉인하게 된 후에도 연구를 거듭하여 운명적으로 진정한 완성체를 만들 뻔하였다.

살문의 문도 하나가 완성체를 데리고 도망치지만 않았다면 말이다.

어떻게든 찾으려 했고 실제로도 도망친 문도를 찾아내었
지만 정작 완성체는 찾을 수가 없었다.

문도는 잡히기 직전에 자살해 버렸고 금단의 수법으로 기
억을 뒤져 보아도 흔적조차 찾을 수 없어 결국 포기하고 말았
는데 절대천마의 후예와 함께 있는 것을 발견하게 되었다.

그것이 바로 산산이었다.

와비우는 출생의 비밀을 미끼로 어떻게든 살아보려 했지
만 그 상대가 좋지 않았다.

"관심없습니다."

산산은 그렇게 말하며 황금빛 검강으로 와비우의 머리를
내리찍었다.

살문의 삼강 중 최강이자 장차 무림을 멸망시킬 육망성 중
한 명이 소녀에 의해 비참한 최후를 맞이했다.

"다른 놈은?"

막 사람을 죽여 살기 가득한 산산의 말에 구석진 자리에서
창조조가 조심스럽게 모습을 드러내었다.

"항복이에요."

창조조는 자신의 하얀 속옷을 묶어 만든 백기를 흔들었다.

"……"

"……"

당문천과 산산은 말없이 창조조를 바라보며 침묵의 시간
을 보내었다.

같은 시간!

영영은 투승과 격렬하게 싸움을 벌이다가 전신의 붉은 비늘 머리에 뿔까지 솟은 용인으로 변신하여 산산과 싸웠을 때 사용했던 오행의 힘을 모두 실은 오행용격권(五行龍擊拳)으로 투승의 신의 권을 날려 버렸다.

"크어억!"

투승은 격한 신음을 토해내며 지면에 처박혔다.

누가 봐도 괴물로밖에 보이지 않는 용인체의 모습의 영영은 하늘을 바라보며 광소를 터뜨렸다.

"아하하하하하하! 재미있었어! 역시 이기는 싸움은 최고야!"

영영은 정말 즐겁다는 듯 소리치며 자신에게 첫 패배의 경험을 안겨준 산산을 떠올리며 각오를 다졌다.

"좋아! 다음 싸움엔 반드시 이겨줄 테다!"

第三章
육망성의 힘

흡혈귀는 피를 먹는 괴물이다.

사람을 잡아먹는 포식자로서 당연히 식량인 사람보다 월등히 강하다.

또한 안개나 어둠, 온갖 짐승으로 변신할 수 있고 불로불사의 몸이기에 수백 년의 세월을 변함없이 살아가기도 한다.

흡혈귀가 불로불사란 점 때문에 어떤 어리석은 사람들은 흡혈귀가 되기를 원하는데, 그들에게 묻고 싶다.

평범하게 사람으로 살아가다가 불로불사를 원해서 흡혈귀가 되었을 때 흡혈귀라는 괴물로서 느끼는 비상식적이고 끔찍한 현실을 똑바로 바라보고 견뎌낼 수 있을까?

나는 견딜 수 없었다.

병색이 완연한 하얀 피부가 싫었다.

짐승보다 발달한 오감이 고통스러웠다.

내가 무엇보다 사랑했던 태양 앞에 두 번 다시 설 수 없다는 사실이 끔찍했다.

무엇보다 사람의 피를 먹어야 한다는 사실이 역겨워 미칠 것만 같았다.

나는 흡혈귀가 되고 싶지 않았는데 어째서 흡혈귀가 되었던 것일까.

귀족가의 여식으로 태어나 나를 낳아주신 부모님에게 누구에게도 뒤지지 않을 정도로 사랑받는 딸이었을 것이다.

부모님의 사랑을 받고 자라는 나는 정말 행복했지만 그분들의 사랑이 조금 부족했으면 좋았을 것을.

나는 곧 죽을 중병에 걸렸고 부모님은 나를 살리기 위해 온갖 방법을 동원하다가 금기에 손을 대고 말았다.

흡혈귀가 찾아온 것이다.

흡혈귀는 나를 자신과 같은 흡혈귀로 만들었고 죽음의 운명에서 벗어났다.

처음엔 중병에서 벗어나 살아났다는 사실에 기뻐했지만 흡혈귀로서 본능과 업보를 알게 되었을 때 지옥에 떨어지는 감각을 맛보았다.

사람들이 먹고 마시는 평범한 음식물로는 공복을 채울 수

없었고 그렇다고 사람을 먹을 수가 없어 참고 견디다 결국 폭
주하고 말았다.

내가 가장 먼저 먹은 것은 사랑하는 부모님이었다.

이후 유모와 시녀 및 하인들을 먹어치웠고 영지민 또한 나
의 식량이 되어 사라져 갔다.

흡혈귀에게 물리면 흡혈귀가 된다는 정설이 있는데 그건
사실이 아님을 알게 되었다. 만약 그 이야기대로라면 세상에
존재하는 사람들은 멸망했을 것이다.

흡혈귀에게 물렸을 때 완전히 피를 빨리지 않은 상태에서
흡혈귀가 될 수 있는 사람과 아닌 사람이 나누어지는 것이다.

그 수는 백 명 중의 하나.

어디까지나 피를 완전히 빨지 않은 상태로 나는 공복감을
참지 못하였기에 사랑하는 부모님의 흡혈귀로서의 생존조차
확인하지 못하고 죽음에 이르게 만들었다.

어떤 의미로는 다행스런 일이었다.

사랑스런 그분들이 나처럼 끔찍하기 짝이 없는 흡혈귀의
삶을 살아가는 건 원치 않았으니까.

처음 먹는 것이 어려웠을 뿐 부모님을 먹은 이후 그래도 미
칠 정도로 싫었지만 배가 고파지면 어김없이 사람을 잡아먹
었다.

무자비하게, 절제도 절조도 없이 먹고 또 먹었다.

사람들은 괴물이 된 나를 두려워하고 결국 퇴치하려 하였

지만 흡혈귀의 힘은 최강!

인간의 힘으론 결코 당해낼 수 없었다.

살기 위해 쇠스랑을 집어 든 영지민도.

창을 든 성의 병사들도.

역전의 용맹을 자랑하는 기사조차도.

어느 누구도 흡혈귀를 막을 수 없다.

너무나도 끔찍하고 끝나지 않는 흡혈귀의 삶을 살아가는 내 앞에 마법사가 나타났다.

나와 같은 괴물들의 세계에 왕으로서 군림하는 존재.

"내가 너의 괴로움을 없애주도록 하마."

흡혈귀의 삶에 절망하고 있던 나는 자포자기하는 마음으로 마법사의 제자이자 딸이 되었다.

마법사는 흡혈귀인 나 말고도 여러 제자를 두었는데 그들 모두 나와 비슷한 괴물들이었다.

자신이 잡아먹은 사람의 모습으로 변환하는 도플갱어.

흡혈귀인 자조차 어디에 있는지 모를 무저갱에서 소환된 악마.

신을 믿고 그 뜻을 행하는 기사였으나 믿음을 잃고 타락해 버린 성기사.

괴물이 아닌 사람의 몸임에도 사람을 죽이는 것을 생업으로 삼고 살아가는 사신!

불로불사를 위해 철학자의 돌을 만들려 하는 연금술사가 그나마 인간에 가까웠다.

마법사의 제자임에도 마법사가 없다는 것이 이상해 보이지만 마법사, 아니, 나의 아버지의 말에 의하면 모든 학문은 하나로 이어진다고 하였다.

모두들 마법이라 부르는 반면 아버지는 자신이 가진 힘을 과학이라 칭하였다.

아버지는 제자들에게 각자 가지고 있는 자질에 걸맞은 학문을 가르쳐 주었는데 나는 무예에 대해 공부하였다.

나는 흡혈귀이기에 육체의 수련 따위 전혀 의미가 없었지만 무예로서 정신력을 단련하라고 명한 것이다.

기사로서 필수과목인 검술을 시작으로 수많은 무예를 배워 몸과 정신을 단련하였고 무예의 이치를 깨우쳤다고 생각했을 때 바다 건너의 무예에도 손을 대기 시작했다.

인도(천축)의 요가와 정신수양술은 정말 큰 도움이 되어 세상의 존재와 그 이치에 대해 알 것 같았다.

온갖 무예의 수련으로 정신이 강해지자 언제나 괴로웠던 피를 마시는 사실에 그리 큰 고통을 느끼지 않게 되었다.

또한 흡혈귀로서 가지고 있는 불사의 회복력이 태양광에 화상을 입는 것보다 뛰어나 결코 죽음에 이르진 않게 되었다.

이러한 나는 단순 무력만으로는 아버지의 제자 중 어느 누구와 싸워도 결코 지지 않을 강함을 얻게 되었다.

그런 어느 날.

아버지는 어느 귀족에게 전해 들은 중원에 존재하는 무림이란 세계에 흥미를 느끼고 무림은 과연 어떤 곳인지 알기 위해 건너가 버렸고 그곳에서 강적을 만나 죽음을 맞이했다.

아버지가 죽음을 맞이했지만 나는 그리 큰 충격을 받지 않았다.

무예 수련으로 정신적으로 강해진 것도 있었지만 아버지는 죽음조차 초월한 신과 같은 존재임을 알고 있기 때문이다.

그분이 원하면 언제든지 부활하실 것이다.

나를 포함하여 아버지의 제자인 육망성은 아버지의 부활과 함께 아버지를 죽게 만든 무림 멸망의 계획을 세웠다.

무림의 무예에 대해서 흥미를 가지고 연구하고 수련하기 시작했다. 그 후 수백 년의 세월이 흘렀다.

아버지의 부활과 무림 멸망을 위해 활동했던 나나 악마, 도플갱어와 같은 괴물이 아닌 다른 육망성 녀석들은 대부분 죽어 새로운 이들로 교체되었다.

신에 대한 믿음을 잃은 타락한 성기사는 인간으로서 늙어 죽어 자신의 무구를 남겼다.

사신은 한마 유지오란 이름으로 살수단체를 만들다가 결국 죽어버렸는데 지금은 영체만이 남아 몸을 바꾸어 사는, 산

것도 죽은 것도 아닌 상태가 되었다.

연금술사는 아버지의 부활보다는 철학자의 돌을 완성하는 것에 더 목적을 두어 끝내는 완성하여 만족하고 죽어버렸다. 결국 새로운 연금술사가 그 뒤를 이어받았다.

악마는 오랜 세월 봉인되었다가 다른 사람의 몸을 빌려 부활하였는데 정신을 장악하지 못하였기에 전혀 다른 사람이 되었다.

혈마라 불리는 그는 무척이나 예의없고 무례한 남자이지만 악마의 숙주로서 막강한 힘을 가지고 있음이 분명했다.

그렇듯 많은 변화가 있었지만 목적만은 처음과 변함이 없었다.

아버지를 죽인 이의 후예가 나타났기에 기다려 왔던 목적을 실행에 옮기는 것만이 남았다. 무림 멸망 계획에 있어 나는 무력의 한 축을 담당하게 되었다.

내가 가장 먼저 상대한 이는 천산파의 최고이자 무림십대고수 중 한 명인 천산검노(天山劍老)였다.

"혈마 네놈의 목을 나의 이 검으로 베어주리라."

"하핫! 그게 과연 가능할까?"

"이놈!"

천산검노는 중원인 특유의 고리타분한 성격을 가진 노인으로서 정파의 명성 높은 고수라 잘난 척하며 마교 군단의 선봉에 선 혈마와 말싸움을 하고 이었다.

“귀찮군.”

나는 그렇게 말하며 천산검노를 향해 몸을 날렸다.

천산검노는 가소롭다는 듯 코웃음 쳤다.

“흥! 과연 사악한 마교도답게 기습을 가하는구나!”

천산검노는 자신의 검에 검강을 실어 제법 빠른 속도로 다가오는 나의 몸을 베었다.

나름 훌륭한 대처였지만 흡혈귀인 나에겐 전혀 의미없는 공격이었다.

파앗!

천산검노의 검에 목이 절단되었지만 흡혈귀는 목이 잘린 것으로 결코 죽음에 이르지 않는다. 흡혈귀는 불로불사의 괴물인 것이다.

몸에서 머리가 떨어져 나간 채로 천산검노에게 말을 걸었다.

“무예가로서 제대로 상대해 주고 싶지만 오늘은 피곤하고 귀찮으니까. 미안.”

천산검노는 내가 말을 하자 크게 놀라며 소리쳤다.

“헉! 이건 도대체 무슨……!”

다음 순간 잘려 나가 바닥으로 떨어진 나의 머리를 포함해서 몸 전체가 수백 마리의 들쥐로 변신하였다.

천산검노는 나의 변신에 너무 놀란 나머지 순간 대처하지 못했고 들쥐로 변신한 나는 천산검노의 몸에 달라붙었다.

고수의 본능으로 들쥐로 변신한 나의 몸을 잘게 잘랐지만 그 후엔 더욱더 작은 들쥐로 변신할 뿐이었다.

중원에서 와비우라 불리는 도플갱어는 나의 피와 살을 먹은 적이 있어 흡혈귀의 불사력을 흉내 내곤 하지만 짐승으로의 변신 능력만큼은 결코 흉내를 내지 못한다.

들쥐로 변신한 나는 천산검노의 몸에 달라붙는 것과 동시에 이번에는 뱀으로 변신하여 몸을 칭칭 감으며 전신을 물어뜯었다.

"크윽! 이 요망한 미물이!"

천산검노는 분노하면서 내공을 발산하여 자신의 몸을 물어뜯는 수십 마리의 뱀을 털어내었다.

나는 천산검노의 몸에서 튕겨 날아가는 것과 동시에 이번엔 안개로 변신하였고 넓게 퍼지며 천산검노의 몸을 집어삼켰다.

"갈!"

천산검노는 일갈성을 내뱉으며 검강이 실린 검으로 안개로 변신한 나의 몸을 계속해서 베었다.

"소용없는 짓이야."

안개로 변신한 나의 몸은 어떤 물리적인 공격도 통하지 않는다.

검강인데?

물론 검강에는 어느 정도 손상을 입을 것이다.

하지만 나의 육신은 흡혈귀이면서도 태양 빛에도 죽지 않는 불사력을 가지고 있기에 약간의 손상쯤은 순식간에 회복해 버린다.

"마무리를 지어주마."

나는 그렇게 말하며 안개로 변한 나의 몸을 흡혈귀의 상징이라 할 수 있는 송곳니를 가진 입으로 수백 개를 만들어 천산검노의 육신을 물어뜯었다.

"이 사악한 요물이! 크아아악!"

천산검노는 검을 휘두르며 저항하였지만 한 손이 열 손을 막을 수 없는 것처럼 결국 몸 안의 피를 모조리 빨려 목내이의 형상이 되어 죽음을 맞이했다.

천산검노가 죽음을 맞이하는 동안 혈마가 이끄는 일천의 마도인 및 마교의 전사들은 천산파의 문도들과 혈전을 벌였고 천산파는 순식간에 전멸해 버렸다.

"흠. 내 손으로 죽일 생각이었지만 뭐 나쁘지 않군."

혈마는 목내이가 되어 죽은 천산검노의 시체를 바라보며 아쉬운 듯 말하였다.

나는 그런 혈마를 무시하며 적당히 쉴 곳을 찾아 그곳에서 천산검노에게서 빨아들인 피를 소화시켰다.

흡혈귀의 몸인지라 중원의 내공심법을 배워 내공을 사용할 수는 없었지만 고수의 피를 흡수함으로써 한시적으로 내공을 사용할 수 있었다. 흡혈귀로서의 능력에 비하면 쓸모없는 능력이지만 말이다.

불타오르는 천산파를 바라보며 작게 중얼거렸다.

"무림이 멸망하는 것은 시간문제겠군."

무림십대고수인 천산검노는 생각보다 쉬운 상대였다.

흡혈귀에 대해 조금만 알고 있었더라면, 흡혈귀의 특성과 약점을 알고 싸웠더라면, 어쩌면 조금 더 시간이 걸렸을지도 모르지만 제대로 무예로 겨루어도 질 것 같지 않았다.

아버지가 이런 무림인에게 죽었다는 것이 믿어지지 않을 정도였다.

흡혈귀인 나를 자식으로 삼아준 나의 아버지, 마법사의 부활도 머지않았다.

무림맹과 정도무림은 마교의 세력을 무슨 세상을 멸망시킬 엄청난 대재앙 취급을 하고 있지만 일반인에겐 그리 큰 민폐를 끼치진 않았다.

혈마가 선봉으로 나선 일천의 마도인들이 당당하게 전진해 나가면 그들이 먹을 식량을 운반하는 마교인들이 뒤따를 뿐이었다.

흔히 있는 약탈과 방화, 학살 같은 건 절대 없었다.

마교인들이 자신의 종교인 태양교의 교리를 주민들에게 전파하긴 했지만 강요하진 않았다. 종교란 오랜 시간을 들여 전파하는 것이 낫다고 생각한 것이다.

다만 무림인과 무림과 관계된 것을 모조리 파괴할 뿐이다.

파괴한다고 해도 제대로 된 내공심법도 없는 동네무관은 무시하고 그 지역을 대표하는 정도문파, 제법 힘을 과시하는 흑도의 문파를 개미새끼 하나 남김없이 죽여 버린다.

무척 과격하긴 하지만 의외로 공정하다.

상대가 원한다면 일대일의 비무를 행하며 한 번이라도 승리하면 물러나겠다고 약속했다. 물론 지금까지 단 한 명도 마도의 고수에게 승리하지 못했다.

낮에는 혈마가 나서 살육에 가까운 비무를 행했고 해가 질 때쯤 금모청안의 홍모귀가 비무에 나섰는데 결과는 백전백승! 어느 누구도 비무에 승리하여 살아남지 못했다.

일대일의 비무가 안 되면 세력전밖에 없었는데 일천이 넘는 마도인과 싸운다는 것은 웬만한 문파가 아닌 이상 힘든 일, 그야말로 절망밖에 없었다. 암습을 가한 어느 흑도문파도 있었는데 허무할 정도로 짧은 시간에 전멸해 버렸다.

그래서인지 마도는 최소한의 살길을 만들어주었는데 세력전을 벌인다 해도 마도에선 상황에 따라선 다르겠지만 단 한 명만이 나서 싸우기로 하였다.

흑룡방(黑龍房).

정파의 세력에 의해 외각으로 밀려났지만 그래도 섬서성에선 제법 악명 높은 흑도문파였다.

악명이 높다고 해도 나쁜 짓을 밥 먹듯이 한 것은 아니다.

나름 큰 세력을 가진 문파는 정사를 포함해서 자신의 힘만 믿고 아무렇게나 살인이나 악행을 저지를 수 없다.

힘만 믿고 마음대로 날뛰는 것은 삼류.

일류의 흑도문파라 할 수 없다.

자신들이 다스리는 지역이 살기 좋아야 자신들이 얻는 이익 또한 많아지는 것이다.

흑도문파 나름으로 버릇없는 도적 및 악당들을 물리치고 해서 사람들에겐 지역의 강자로서 제법 영웅의 대접을 받고 있었다.

흑룡방에게 있어 협상의 제의조차 무시하는 마교는 삼류에 지나지 않았다.

아무리 숫자가 많다고 해도 삼류는 무섭지 않아.

그것이 흑룡방의 생각이자 실로 엄청난 착각이었다.

처음엔 버릇을 고쳐 줄 생각으로 고수들을 보내었고 일대 일의 비무가 벌어지게 된 끝에 전멸!

곧이어 밤중에 암습을 가하였으나 마찬가지로 하나도 남김없이 전멸해 버렸다.

마교는 흑룡방의 본거지로 향하였고 흑룡방은 대를 이어 가며 일구어놓은 터전을 버리지 못한 채 세력과 세력이 맞붙는 전면대결에 들어가게 되었다.

"후후후! 이번엔 네가 나설 차례다."

"……."

혈마의 사악한 말에 전신을 흑의로 감싼 인영은 말없이 고개를 끄덕이고는 홀로 흑룡방을 향해 걸어나갔다.

"혼자서 괜찮을까?"

의문을 내뱉는 이는 이번 마도에 의한 무림 정벌에 있어 표면적으로 우두머리라 할 수 있는 마교주로 누가 봐도 훌륭해 보이는 중년의 남자였다.

마교를 이끄는 교주로서 최고의 모습이라 할 수 있었다.

혈마는 즐거운 듯 웃으며 대답했다.

"후후후. 저 녀석은 최고야."

"최고라고?"

"저 녀석이 가진 능력은 죽음의 마안이지. 잡졸들 상대론 최강의 힘이다."

마안(魔眼).

흑암사신(黑巖死神). 정해랑이 태어났을 때부터 타고난 초능력이었다.

무공과 달리 타고나지 않는 이상 죽었다 깨어나도 사용하지 못하는 선택받은 힘이라 할 수 있었다.

고대에 태어났더라면 어쩌면 신선(神仙) 혹은 마선(魔仙)이 되었을지도 모른다.

이러한 마안이 가진 능력은 단지 상대를 바라보는 것으로 커다란 공포를 느끼게 만들어 버린다.

육대마공 중 하나인 사령주기를 수련한 후 마안이 가진 힘은 더욱 강해져 사령은 물론 사람까지도 지배할 수 있기에 심령(心靈)의 마안(魔眼)이라 불린다.

실로 막강한 힘이라 할 수 있는 마안의 힘은 육망성의 하나인 연금술사 창주주가 마도인들에게 퍼뜨린 선단 중에서도 용혈환과 함께 최상급의 영약인 마령환을 복용한 후 몇 단계 더 상승되었다.

죽음의 마안(魔眼).

바라보는 것을 넘어 존재하는 것만으로 상대방을 죽음에 이르게 만든다.

자기 자신을 강하게 만드는 것이 목적인 무공과 정반대!!

상대방을 약화시키고 죽음에 이르게 하는 금단의 힘이었다.

"마교놈들! 감히 대흑룡방주인 나를 우롱하다니! 으득!"

흑룡방주는 마교와의 협상이 결렬된 후 선제공격에 이은 암습까지 모두 실패하자 남은 문도들을 이끌고 도주할 생각이었으나 실패하고 말았다.

투승에 의해 세력의 팔 할 가까이 박살난 후 모습을 감추었다는 살문의 살객들이 암습을 가했던 것이다.

흑룡방은 살문의 암습에 큰 피해를 입었고 도망치듯 흑룡방의 근거지로 돌아갔다.

흑룡방주는 최후의 수단으로 근거지를 성벽 삼아 마교와

결사항쟁을 벌일 생각이었는데 흑의로 전신을 감싼 이상한 녀석 혼자 다가오는 모습에 커다한 분노를 느끼지 않을 수 없었다.

"마교 놈들! 내가 너희들의 손에 죽는다 하더라도 한 명이라도 더 저승길의 동무로 데려가 주마."

그러한 흑룡방주의 분노는 얼마 지나지 않아 사라지고 말았다.

어느 정도 가까이 접근하자 정해랑이 자신의 몸을 감싼 흑의를 화악! 벗어버린 것이다.

정해랑이 흑의 안에 걸친 의복은 이름 모를 이민족의 의상으로, 팔다리가 잔뜩 드러난 노출이 심한 의상으로 방금 전까지 걸치고 있던 흑의와는 정반대의 병적일 정도로 새하얀 피부가 실로 눈부실 정도였다.

뭐, 정해랑의 새하얀 피부를 감상할 정도로 여유로운 이는 흑룡방주를 포함해서 흑룡방엔 단 한 명도 없을 것이다.

정해랑은 밖으로 드러난 두 눈에 마안봉인(魔眼封印)이라 쓰인 안대를 착용하고 있었다.

마안의 힘을 억누르는 주술의 일종으로 방금 전까지 걸치고 있던 흑의의 안쪽에도 봉인의 주술이 담겨져 있었다.

즉, 눈을 가리는 안대만으로 마안을 봉인하는 힘이 부족한 듯 정해랑의 앞쪽으로 표현하기 어려운 사악한 기운이 쏟아져 나갔다.

"끄아아악!"

흑룡방의 누군가가 공포에 찬 비명을 터뜨렸다.

그의 비명을 시작으로 흑룡방 전체는 아비규환이 되었고 시간이 흐르면서 한 명도 남김없이 죽음에 이르렀다.

이건 결코 싸움이 아니었다.

심지어 압도적인 학살조차도 아니다.

표현한다면,

사악한 저주(詛呪)!

끔찍한 악몽(惡夢)!

결코 일어나지 말아야 할 재앙(災殃)!

흑룡방의 유일한 생존자인 흑룡방주는 죽는 게 나을 것 같은 공포에서 도망치기 위해 스스로 자신의 두 눈을 파내었고 그럼에도 두려움이 사라지지 않아 전신을 바들바들 떨며 자살을 생각하고 있었는데 그런 흑룡방주 앞에 어느샌가 다가온 정해랑이 멈추어 섰다.

"죄송합니다."

정해랑은 자신의 마안이 일으킨 참상에 죄책감을 느끼며 유일한 생존자인 흑룡방주를 향해 듣기 거북한 쉰 목소리로 사과의 말을 하였다.

정해랑은 평소 풍기는 음산한 분위기와 달리 성월교의 교리를 믿는 십만대산의 어느 누구보다도 선인이자 평화주의자로 무림 정벌에는 참가하지 않으려 하였다.

하지만 천마지존를 물리친 혈마가 성녀의 목숨을 담보로 전쟁에 참가하라고 협박하여 정해랑은 어쩔 수 없어 이번 전쟁의 선봉에 서게 되었다.

더욱 큰 문제는 마령환을 복용한 후 마안의 힘이 감당 못할 정도로 커져 극소수를 제외하면 죽음에 이르게 만드는 것. 덕분에 마안을 봉인하는 안대를 쓰고 다시 흑의로 전신을 감싸야만 했다.

한편 흑룡방주에게서 돌아온 말은 정해랑에 대한 원망도 증오도 아니었다.

두려움이 섞인 간절한 부탁의 말이었다.

"나… 를 죽여… 줘."

"예……."

정해랑은 죄책감 가득한 마음으로 고개를 끄덕이며 죽은 흑룡방도가 사용했었던 도를 주워 흑룡방주의 목을 날려 버렸다.

"수고했다."

혈마는 흉악무도한 성격에 어울리지 않게 임무를 마치고 돌아온 정해랑에게 칭찬을 해주었다. 물론 정해랑은 혈마에게 칭찬받았다고 해서 기뻐하진 않았다.

"해야 할 일을 했을 뿐입니다."

"후후후. 그래. 네 손에 성녀의 안위가 달려 있음을 잊지 마라."

"예. 물론입니다."

정해랑은 고개를 끄덕인 후 뒤로 물러났다.

싸움의 뒷정리를 하는 동안 정해랑은 자신의 거처에서 잠시 휴식을 취하고 있었다.

예전에도 그랬지만 마안의 능력에 의해 죽음의 저주가 깃든 이후로는 더더욱 정해랑에게 접근하려는 사람은 없었다.

근처에 있는 것만으로 뭐라 표현하기 어려운 공포를 느끼는 것과 함께 몸 상태가 나빠지고 심할 경우 죽음에 이르기 때문이다.

죽음의 저주는 힘을 가진 당사자 정해랑조차 느끼고 있었다.

"성녀님을 위해서……."

신앙으로 어떻게든 버티고 있지만 자신의 능력이 일으키는 끔찍한 살육에 정신적인 압박은 점차 심해지고 있었다.

"나는 과연 끝까지 견딜 수 있을까? 무용 너라면 어떻게 할 거지?"

정해랑이 유일무이한 친구였던, 지금은 곁에 없는 무용을 떠올리며 고민에 빠진 가운데 조용히 그를 향해 다가오는 이가 있었다.

"몸은 괜찮나요?"

걱정스럽게 물어보는 이는 다름 아닌 얼굴에 안대를 한 묘령의 미인, 연금술사 창주주였다.

그녀는 상처를 치료하는 의원으로서 참가하고 있었다.

"아! 위험한데……."

정해랑은 죽음의 저주를 마구 내뿜는 자신에게 가까이 다가오는 창주주의 행동에 놀라 소리쳤다.

창주주는 아무렇지 않다는 듯 고개를 내저었다.

"저는 괜찮을 겁니다. 불사신이거든요."

"그런가요?"

"예. 마안이 내뿜는 죽음의 저주 때문에 힘이 드시는 것 같은데. 저에게 억제할 방법이 있습니다."

"예?! 그게 정말인가요?"

최상급의 주술사들이 머리를 맞대고 만든 마안봉인조차 죽음의 저주를 완전히 억제하지 못했는데 창주주는 어떻게 억제할 수 있단 말인가?

"옛말에 이독제독이라 했습니다. 즉, 저주엔 저주인 겁니다."

창주주는 서양식 완전무장 갑옷과 대검을 보여주었다.

정해랑의 마안이 가진 죽음의 저주와 비견될 정도의 사악한 기운을 가진 무구였다.

타락한 성기사의 갑옷.

"이건?!"

"신앙을 잃었던 서양의 어느 무사가 입었던 물건입니다. 본래는 사악한 것을 물리치는 물건인데 신앙을 잃으면서 크게 변질되었습니다. 자신을 포함해서 상대방이 가진 힘을 억누르는 저주를 내립니다. 즉, 입고 있으면 죽음의 저주는 상쇄될 것입니다."

"이런 귀한 물건을 저에게 줘도 정말 괜찮나요?"

"괜찮습니다. 저주받은 무구 따위 저에겐 전혀 필요없는 물건입니다."

창주주가 그렇게까지 말하자 정해랑은 고맙다는 듯 고개를 끄덕인 후 타락한 성기사의 갑옷을 입었다.

정해랑에겐 조금 큰 갑옷이었지만 착용하자 갑옷은 마치 살아 있는 것처럼 크게 줄어들며 정해랑의 몸에 딱 맞아떨어졌다. 동시에 죽음의 저주가 사라졌다. 아니, 갑옷 안쪽에 억눌려 밖으로 뿜어져 나오지 않았다.

"아! 정말 효과가 있어요. 죽음의 저주가 봉인되었어요. 하지만 이래선 저의 능력이……."

"걱정없습니다. 죽음의 저주를 사용하고 싶을 땐 무구를 통해 억눌린 저주를 밖으로 뿜어낼 수 있는 겁니다."

억눌려 있는 만큼 죽음의 저주는 몇십 배로 증폭될 것이다.

그야말로 걸어다니는 대량학살병기라 할 수 있었다.

이렇게 해서 오래전에 죽어버렸던 육망성 타락한 성기사가 정해랑의 몸을 통해 부활하게 되었다.

第四章
아버지와 재회하다

皇魔至尊
마황지존

천무대회가 끝나고 나는 다시 수위의 일상으로 돌아갔다.

동료 수위들에게 바쁠 때 혼자 쉬면서 딴짓을 했다며 욕을 얻어먹었지만 웃으며 그들의 비난을 지그시 무시해 주었다.

그래서 어쩔 거냐고 대꾸하자 모두들 할 말을 잃어버렸던 것이다.

그날의 일로 수위들에게 따돌림을 받겠지만 처음부터 친하지 않은 관계로 전혀 타격이 없었다.

어쨌든 가면마의 소문이 잠잠해질 때까지 수위의 일을 열심히 할 생각이었는데 가면마의 소문 따위 단숨에 잠재울 무림 역사에 길이 남을 엄청난 사건이 일어났다.

오랜 세월 십만대산에 틀어박힌 채 침묵하던 마교와 마도인들이 사악한 본색을 드러내며 중원무림을 침공한 것이었다.

처음엔 대략 백 년 간격으로 행하는 침략 행위라 가벼이 여겼다.

과거에 있었던 마교의 준동 때와 마찬가지로 중원무림의 정파가 무림맹을 중심으로 일치단결하면 마교와 마도인 따위 충분히 물리칠 수 있을 것이라 생각했던 것이다.

사태는 상상했던 것 이상으로 심각했다.

구파일방은 아니나 정도의 명문인 천산파는 싸움에 나서자마자 순식간에 몰살당했고, 천산파의 최고 고수이자 무림 십대고수 중 한 명이기도 한 천산검노(天山劍老)는 금모청안을 가진 홍모귀와 맞서 싸웠으나 패배하여 죽임을 당했다.

한발 늦게 구파일방 중 하나인 곤륜파가 천산파를 도우려 나섰으나 마도의 세력을 감당하지 못한 채 전멸.

곤륜파의 최고 고수이자 십대고수인 곤륜신검(崑崙神劍) 역시 천산검노와 마찬가지로 금모청안 홍모귀의 손에 죽임을 당했다.

마교에서 일부러 살려 보낸 생존자들의 말에 의하면 금모청안의 홍모귀는 여인으로 초절정의 무공을 사용하는 것은 물론 내공과 정혈까지 빼앗는 실로 사악하기 그지없는 흡성대법을 사용한다고 하였다.

천산파와 곤륜파를 전멸시킨 마교의 세력은 계속해서 전진하며 정도의 문파를 멸문시켰는데 멸문당하는 것은 정파뿐만 아니라 사파도 예외없었다.

괜히 자존심을 내세우며 마교와 동맹을 맺으려는 흑도문파는 물론 살아남기 위해 자존심을 굽히며 항복을 할지라도 가차없이 죽여 버리는 것이었다.

그것은 마치 마교와 마도인들은 마치 무림인, 아니, 중원무림의 존재를 인정하지 않으려는 것처럼 보였다.

"설마 마법사의 제자인 육망성인 건가?"

어찌 되었든 무림 역사상 최악의 사태.

그야말로 몇백 년 전 무림을 정복할 뻔했던 천년마교와 수장인 절대천마 이상의 무림 대재앙이라 할 수 있었다.

이에 무림맹주는 마교와 마도인들의 세력과 맞서 싸우기 위해서 구파일방을 포함하여 정파의 전 문파의 세력을 한곳으로 집결시켰다.

무림의 존망을 건 정도와 마도(魔道)의 전쟁!

정마대전(正魔大戰)이 시작된 것이다.

천무학관의 기재들 또한 예외없이 모여 천검단(天劍團)이라는 마도척결단을 만들어 정마대전에 참가하게 되었다.

아무래도 나 또한 무림인으로서 정마대전에 참가해야 할 것 같았다.

왜냐하면 현재 무림의 모든 것을 파괴하는 마교의 세력이 전진하는 곳은 다름 아닌 나의 고향인 사천이기 때문이었다.

사람들은 자신이 태어난 고향을 푸근한 안식처라고 표현하지만 나에게는 가시방석에 지나지 않았다.

가족들은 물론 수많은 친척들이 가문의 장남이라며 나를 마구 찌른다.

아! 그걸 생각하니까 정말 가기 싫다. 나는 마음 내키는 대로 살고 싶을 뿐인데.

어쨌든 무림인이 되겠다며 고향을 떠난 후 수년 만에 집에 돌아왔다.

나를 반겨주는 어머니와 친척들. 아아, 정말 싫다.

전에도 이야기했지만 나의 가문인 '백가' 는 사천당문의 일족들을 바로 옆에서 보좌해 주는 가신으로 시종이라 할 수 있었다.

친척 전부가 시종인데 그 정점에 선 이가 다름 아닌 외할아버지로, 고향에 돌아온 나는 당연히 외할아버지에게 돌아왔다고 인사를 해야만 했다.

잘 돌아왔다는 말을 시작으로 지겹기 짝이 없는 훈시를 들은 후 무림인이 되겠다는 쓸데없는 생각은 그만 하고 너를 좋게 봐주고 있는 당문천 공자님을 잘 모셔야 한다는 말을 끝으로 겨우 풀려날 수 있었다.

"에구! 겨우 끝났구나."

한숨을 토한 나는 고향에 온 이상 반드시 만나야 할 사람이 사는 곳을 향해 발걸음을 옮겼다.

혹시 고향에 숨겨둔 연인이라도 있느냐라고 생각할지도 모르겠지만—숨겨둔 연인이라면 얼마나 좋을까—내가 만나려 하는 사람은 다음 아닌 나의 아버지였다.

그분은 워낙 한량인지라 가주인 외할아버지의 눈 밖에 나 집안에서 쫓겨나 지금은 산에 집을 지은 채 혼자 살고 있었다. 가끔 어머니가 찾아가 밥이나 반찬 등을 챙겨주시곤 한다.

아버지는 집안에서 쫓겨났음에도 여전히 정신을 못 차린 듯 절대 일을 하지 않은 채 매일 술이나 마시며 한가한 나날을 보내고 있었다. 그나마 도박, 계집질에 빠지지 않은 것이 다행일까.

하긴 술은 몰라도 도박이나 계집질에 빠졌다면 마음씨 착한 어머니에게조차 버림을 받았을 것이다. 어머니에게 버림받으면 결코 한량으로 살아갈 수 없을 것이다.

통나무로 만든 오두막에 도착했다. 나무그늘 밑 바위 위에 앉아 술병을 손에 쥔 채 멍하니 하늘을 바라보고 있는 중년의 사내.

나의 아버지를 발견했다.

"아버지, 저 왔습니다."

"응? 네가 누군데 나를 아버지라 부르는 거냐?"

"……."

나는 순간 할 말을 잃고 말았다.

자식인 나에게 그런 말을 하다니. 설마?! 이 아저씨, 자기 자식도 몰라보는 건가?

"제 이름은 백무용. 분명 아버지의 자식입니다."

나의 설명에 아버지는 앉은 자세에서 그대로 미동도 하지 않은 채 고개만을 끄덕였다.

"아아! 무용 너였구나. 짜식, 많이도 자랐다. 애들은 잠깐만 신경을 쓰지 않으면 너무 빨리 자라서 놀라곤 한다니까."

"제 기억으로는 평생 저에 대해 신경 쓰지 않은 것 같은데요."

"무슨 섭섭한 소리를 하는 거냐. 갓난아기 때에는 제법 챙겨주었다. 그때 내가 너로 인해 얼마나 고생했는지 아느냐."

"기억도 안 나는 시절을 가지고 너무 생색 내지 마세요! 그리고 고생을 했다면 아버지보다 어머니가 했겠죠."

"아비의 말을 믿지 않다니. 실로 불효막심한 놈이로구나. 에휴. 내가 자식 교육을 잘못 시켰지."

"아버지는 저에게 자식 교육 같은 거 시키지 않았잖아요."

어머니나 친척들이 했을 뿐이다.

아버지는 내가 철이 들었을 때부터 친구인 옆집 아저씨와 함께 술집을 드나들었다.

"흠, 그랬던가? 그건 생각이 안 나는데."

"자신의 죄를 발뺌하는 탐관오리 같은 말은 하지 마세요."

나의 지적에 아버지는 버럭 화를 내며 소리쳤다.

"생각이 나지 않는 걸 어떻게 하느냔 말이다! 이 불효막심한 놈아!"

아버지가 성질을 부리자 자식인 나로서는 물러설 수밖에 없었다.

보통 자식 이기는 부모 없다고 하는데 어찌 된 일인지 나와 아버지의 관계는 반대였다.

만남부터가 뭔가 아닌 것 같은 부자간의 대화는 본론으로 들어갔다.

"그래서 네놈의 헛된 꿈은 이루었느냐?"

나의 꿈은 정의를 행하는 협객이었다. 나이를 먹고 현실에 대해 알게 되면서 정의의 협객이란 꿈을 대폭 수정하여 평범한 무림인으로 낮추었다. 그렇게 시간이 흘러 지금의 나는 과연 제대로 된 무림인이라 할 수 있을까.

"글쎄요. 된 것 같기도 하고……."

아버지는 나의 말에 고개를 끄덕인 후 득도한 고승의 얼굴로 입을 열었다.

"포기해. 그럼 편해."

이번엔 내가 성질을 낼 차례였다.

"에잇! 아버지가 되어 자식에게 그런 말을 하면 어떻게 합
니까!"

내가 성질을 내자 아버지 또한 버럭 화를 내며 반격하였다.

"이놈이! 아버지에게 성질을 내! 불효막심한 놈!"

소리를 치면서도 나무그늘 아래 바위 위에서 엉덩이 한 번
꿈쩍하지 않는 점이 실로 인상적이었다.

"무림의 존망을 건 마교와의 전쟁이 일어나는 건 아시죠?"

"그래, 알고 있다."

"어떻게 하실 건가요?"

아버지는 백가의 데릴사위가 되기 전까진 원래 낭인으로
싸움터를 찾아 중원을 떠도는 신세였다.

보통 싸움터에서 오랜 세월을 살아가면 싸움터 특유의 피
맛에 길들여져 결코 평범한 삶을 살 수 없게 된다는데 아버지
는 어떨까?

"아들아, 나를 누구라고 생각하는 거냐?"

아버지의 물음에 나는 뭐라 대답하면 좋을까?

거짓과 진실 둘 중 어느 것을 말하면 좋을까 고민하다가 결
국 진실을 말하기로 하였다.

"그러니까 할 일 없는 백수이자 한량입니다."

자존심에 살고 죽는 남자에게 있어서 실로 모욕이라 할 수
있는 말이었지만 아버지는 싱긋 미소를 지을 뿐이었다.

"훗! 아들아, 잘 알고 있으면서 뭘 물어보는 거냐?"

"…그렇군요."

조금이나마 기대했던 내가 한심스럽다. 나만큼은 저렇게 살지 말아야지, 라고 실로 오랜만에 하늘을 바라보며 맹세하는 나였다.

"죽고 죽이는 싸움은 좋지 않아. 지긋지긋하지."

"그건 마치 그런 싸움을 경험해 본 것 같은 말투네요."

"충분히 경험해 봤다!"

다시 설명하지만 아버지는 싸움터를 전전하는 낭인이었다.

"아! 잊고 있었습니다."

아버지는 너무 한가해 보이는 한량이라서 원래 낭인이었다는 사실을 잊곤 했다.

"그러니까. 싸움터엔 접근도 하지 않을 거다."

"소문에 듣자니 마교는 중원무림과 관계된 모든 것을 파괴한다고 합니다."

"그러냐?"

"사천당문의 가신인 우리 가문 또한 무사하지 못할 텐데요. 어떻게 하실 건가요?"

"그럼 도망친다."

"어디로요?"

"고려로 간다. 무림이 존재하지 않는 내가 태어난 고향이다."

“아버지의 고향이 고려였습니까?”

처음 알았다.

“뭐냐, 그 표정은? 그걸 이제야 알았냐? 내 자식 맞아?”

“그런 중요한 사실은 아버지가 직접 말해줘야 알지요! 어째서 말하지 않은 겁니까?!”

“흠. 굳이 말해줄 필요가 없다고 생각했으니까. 태어난 고향이라고 해도 나는 고아다. 일가친척 같은 건 없다.”

“그건 그렇다 치고, 혼자 고향으로 도망치겠다니. 어머니가 참으로 기뻐하겠군요.”

드디어 어머니께 버림을 받을 차례인가?

“무슨 헛소리냐? 도망칠 때 당연히 가족은 챙기고 가야지.”

“엥?”

“너 설마 아비인 나를 가족을 버리는 인간 말종으로 생각하는 건 아니겠지?”

“아닌데요.”

“수상한데…….”

아버지는 의심의 눈초리로 나를 노려보았다.

참고로 아버지는 고개나 눈동자만 움직일 뿐 나무그늘 아래 바위 위에서 절대로 움직이지 않았다.

혹시 무슨 병이 있는 건가?

예를 들어, 척추가 삐끗했다던가?

라고 생각하겠지만 오해다.

아버지는 그저 나무그늘 아래 밖으로 벗어나는 것이 귀찮을 뿐이다.

매일 술만 마시고 같이 먹는 안주의 양도 장난이 아닐 텐데. 살이 뒤룩뒤룩 안 찌는 것이 신기하다.

"절대 아닙니다."

"흠. 그래, 자식 말은 믿어주마."

"……."

휴. 어떻게든 넘겼다.

"말이 나온 김에 잘되었다. 도망칠 준비를 해라."

"예? 저는 전쟁에 참가할 건데요. 아버지나 도망가시죠."

나도 힘든 현실 앞에서 도망친 적이 있었지만 지금은 다르다. 과거의 내가 아닌 것이다. 정면에서 맞서 싸우리라.

아버지는 의구심 가득한 눈으로 나를 바라보며 말했다.

"네가?"

"어째서 그런 눈으로 저를 보시는 겁니까?"

"무공도 모르는 네놈이 무슨 전쟁을 하느냐 말이다. 죽고 싶은 게냐? 아서라. 부모보다 먼저 죽는 건 최고의 불효이니라. 나와 함께 도망치는 거다."

나는 고개를 내저었다.

"싫습니다. 제가 어째서 아버지랑 도망쳐야 합니까? 절세미인도 아니고. 저는 제가 지켜야 할 것을 위해 싸우겠어요.

그리고 지금의 저는 무공의 고수입니다."

아버지는 순간 말을 잃었다가 참지 못한 채 폭소를 터뜨렸다.

"하하하! 네가 말했던 헛소리 중에서 최고로 재미있는 말이었다."

"아버님, 헛소리가 아닌데요. 지금의 저는 엄청난 고수입니다."

"흥! 아비의 사랑의 매에 정신을 차려야겠구나."

아버지는 만난 이후 절대 꼼짝하지 않았던 나무그늘 아래 바위 위에서 몸을 일으켰다.

우드득!

너무 오랜 시간을 움직이지 않았기 때문인지 관절 마디마다 부서지는 소리가 들려왔다. 소리가 심상치 않은데 괜찮으려나?

"윽! 허리가! 무릎도! 몸이 굳어지지 않도록 가끔씩 움직이는 것이 좋겠군."

"아버지! 부탁이니까 매일 부지런히 움직이도록 하세요. 가능하면 일을 좀 하시고요!"

"싫다! 일하면 지는 거다."

"그건 또 무슨 궤변이란 말입니까?"

"내가 할 수 있는 일이라는 게 사람을 패거나 죽이는 것뿐이지 않느냐. 네 어미에게 했던 불살(不殺)의 맹세를 어길 수는 없지."

"아니, 불살의 맹세가 어쨌든 평범한 일을 하면 되잖아요."

"평범한 일?"

"농사를 짓거나 집 안 청소를 하면……."

"쯧쯧. 자식이 되어가지고 이 아비에 대해 하나만 알고 둘은 모르는구나. 나는 무언가를 먹고 마시거나 절세미녀를 부드럽게 안아주는 것 이상의 힘든 일은 귀찮아서 못한다."

"그건 어디 사는 인간 말종입니까?!"

"허어! 내가 가만히 있으니 말이 점점 심해지는구나. 불효자식!"

"아버지나 먼저 정신 차리세요!"

"잡설은 여기까지! 사랑의 매로 때려눕혀 주마. 내 손에 정신을 잃은 네놈이 깨어났을 때쯤이면 네 어미와 함께 고려에 정착했을 것이다."

"고려에 정착할 때까지 정신을 잃게 만들다니. 자기 자식을 식물인간으로 만들 생각이세요?!"

그 말이 끝나기 무섭게 아버지가 방금 전까지 허리며 관절이 아프다고 말했던 사람이라곤 믿기 어려운 무서운 속도로 달려들면서 나의 머리를 향해 혼신의 양발차기를 날렸다.

"헉!"

나는 신음을 토해내며 재빨리 몸을 비틀어 날아오는 아버지의 발을 피해 버렸다.

아버지는 자신의 발차기가 실패로 돌아가자 공중에 뜬 상태에서 이회전 공중돌기를 하며 지면에 착지, 나를 바라보며 말했다.

"제법이군. 고수가 되었다는 말은 마냥 허세가 아닌 것 같군."

"아버지야말로 오랜 세월을 일하지 않고 놀면서 살았던 한량이면서 엄청난 실력을 숨기고 있었군요."

"훗. 네 눈엔 내가 노는 것처럼 보였을 테지만 사실은 무공 수련의 일환이었지."

"거짓말!"

아버지의 헛소리에 너무 기가 막힌 나머지 나도 모르게 소리치긴 했지만 아버지는 생각 이상의 실력을 가지고 있었다.

뭐가 어떻게 된 거지? 왕년에 낭인이었던 백수 아저씨가 아니었어?

잠시 혼란에 빠진 가운데 아버지는 개구리가 된 마냥 지면 위로 두어 번 통통 뛰어오르다가 그 기세를 실어 나를 향해 몸을 날리는 것과 동시에 빙그르르 회전하면서 원앙각을 날렸다.

원앙각은 빈틈이 너무 많아 실전에선 거의 쓸모가 없는 체술이지만 아버지의 원앙각은 놀랄 정도로 빨라 빈틈을 상쇄시켰다.

퍼억!

아버지의 발뒤꿈치가 나의 관자놀이를 정확하게 타격하였다.

평범한 사람이었다면 정신을 잃는 것을 넘어 두개골 함몰에 목뼈가 부러질 정도의 위력이었다.

유감스럽게도 나는 평범한 인간이 아니었다.

"아버지, 저를 죽이실 생각이십니까?"

나의 물음에 아버지는 의미심장한 미소를 지으며 말했다.

"훗. 나는 네놈의 맷집을 믿었다."

"그딴 것만 믿지 마세요!"

나는 그렇게 소리치며 아버지의 심장을 향해 분노의 금강파천(金剛破天)을 날렸다.

아버지에게 생각 이상의 실력이 있지만 소림의 금강불괴를 부서 버리기 위해 만들어진 금강파천을 감당하진 못할 것이다.

아버지는 흠칫 놀라더니 재빨리 뒤로 몸을 날려 금강파천을 피해 버렸다.

허! 이럴 수가! 피해 버리다니.

"이 불효막심한 놈! 아비를 죽일 셈이냐!"

아! 방금 전의 일에 대한 복수의 기회가 왔다.

"훗. 저는 아버지의 도주 실력을 믿었습니다."

나의 말에 아버지는 쓰디쓴 약탕을 한 번에 들이켠 것 같은 표정을 지으셨다.

아버지의 실력은 내가 생각한 것 이상이었다.

최소 일류고수 이상.

그렇다면 조금 더 강하게 나가도 괜찮겠지.

혈형마공(血形魔功)! 삼단계!

겉모습이 변하지 않는 수준에서 사용 가능한 최고의 마공이었다.

파앗!

강화된 나의 육체는 잔상을 그리며 아버지를 향해 쏘아져 나가며 주먹을 내질렀다.

"헛! 빨라!"

아버지는 당황한 듯 소리치면서도 몸을 낮추어 주먹을 피하면서 두 손으로 지면을 지탱한 채 회전하면서 자신의 다리로 나의 다리 관절을 힘껏 후려 찬 후 재빨리 몸을 굴려 도망쳤다.

다리 관절을 노린 아버지의 발차기는 그다지 아프진 않았지만 공격을 피하면서 반격까지 가했다는 사실에 놀라지 않을 수 없었다.

"아버지! 그게 대체 뭡니까!"

나의 물음에 아버지는 히죽 웃으며 대답했다.

"지당권이다!"

지당권!

무림의 고수들이 수치로 생각하는 것이 땅바닥에 몸을 구르는 뇌려타곤이라는 수법이다.

지당권은 뇌려타곤을 당연한 듯이 사용하는 무술의 이름이었다.

주로 흑도 하류배들이 사용하는데 낭인들의 일터인 전장이나 싸움터에선 흔하디흔한 기술일 것 같기도 하였다.

하지만 내가 아버지에게 물어보고 싶은 건 그런 것이 아니었다.

"아버지, 알고 보니 무공의 고수였군요."

아버지의 무위는 잘해야 일류고수라 생각했는데 방금 전의 움직임으로 보면 그 이상일지도 모른다는 생각이 들었다. 설마 절정고수인 건 아니겠지?

"네놈이야말로 무공의 고수였다는 사실이 놀랍구나. 잔상을 남길 정도의 움직임을 보면 엄청난 실력이던데. 언제 그런 실력을 키운 것이냐."

"제가 괜히 무림인이 되기 위해서 집을 떠난 게 아닙니다."

"헛수고가 아니었단 말이구나. 장하다. 과연 내 아들이구나."

"마음에도 없는 말은 하지 마시고 제가 하는 일은 방해하지 말아주세요."

"그건 그거고, 이건 이거다. 너는 나와 네 어머니와 함께 정도무림과 마교와의 전쟁에서 도망쳐 고려로 가는 거다."

"싫습니다!"

나는 소리치며 이번엔 진지한 마음으로 아버지를 향해 달려들며 주먹을 내질렀다. 아버지의 움직임을 주시하였기에 쉽게 피할 수는 없을 것이다.

"허허. 녀석, 제법……."

아버지는 웃으면서도 오른발을 들어 발바닥으로 나의 주먹을 막아내면서 나의 주먹에 담긴 기세를 이용해서 뒤로 날아올랐다.

"날았다!"

"…이구나!"

나와 아버지의 외침이 동시에 울려 퍼졌다.

아버지는 공중에 활공한 채로 십 장 밖까지 날아가 나무 숲 안쪽에 착지하였는데 그곳의 바닥에서 거무칙칙한 무언가를 꺼내 들었다.

목검? 아니다. 묵색에 날이 없긴 하지만 제법 묵직해 보이는 것이 강철검으로 보였다. 날이 없으니 쇠몽둥이에 가까웠다.

"아버지, 그건 대체……."

"훗. 결국 쓰고 버릴 소모품에 굳이 이름을 붙이는 고상한 취미는 없지만 오늘만은 특별히 '사랑의 매'로 이름을 붙였다. 내가 사랑의 매를 든 이유는 무기를 들면 몇 배 더 강해지기 때문이거든."

그 말대로 어깨 위에 대충 묵검을 올려둔 아버지에게서 심상치 않은 기세가 느껴졌다.

혈형마공 삼단계 정도론 이길 수 없을 것 같은데.

"아들아, 이 아비의 사랑의 매를 받아라!"

내뱉는 말은 장난스러운 것이었지만 이어지는 공격은 장난이 아니었다.

눈에 거의 보이지 않을 아음속의 속도로 이글이글 묵색의 강기가 실린 채 날아오는 것이다.

"싫어요!"

나는 소리치며 도망치듯 뒤로 물러섰다.

금강파천으로 받아칠 수도 있었지만 만약 묵검을 제대로 받아내지 못한다면 양패구상을 당하게 될 것이다.

내가 피해 버리자 아버지는 분노한 듯 인상을 쓰며 소리쳤다.

"허어! 이놈이! 감히 아비의 사랑의 매를 피해!"

"아버지! 그만 하세요! 지금 자식을 죽일 생각입니까?!"

"고작 한 대 맞는다고 죽지 않아."

"충분히 죽어요!"

나의 외침에도 아버지는 아랑곳하지 않은 채 묵검을 휘둘렀다.

휘두르는 모양새를 보건대 검술이라기보다는 도법에 가까웠다. 묵검에 날이 없으니 몽둥이질이라 할 수 있다.

우웅!

빨라!

아직 음속의 벽을 넘어서진 않았지만 처음 공격과 비교하면 아주 조금 더 빨라졌다.

"흡!"

간발의 차로 피하며 신음 소리를 흘리자 아버지는 불만의 소리를 내뱉었다.

"어허! 어째서 계속 피하는 거냐! 이 불효자식 같으니라고!"

"죽기 싫으니까요!"

"안 죽는데도!"

"거짓말 마세요!"

아버지의 말대로 지금의 나라면 죽지는 않을 테지만 그것과 별개로 무척 아플 것이 분명했기에 피하지 않을 수 없었다.

아버지의 공격을 피하기 위해서 눈동자와 머리끝이 붉게 변화할 정도로 내력을 끌어올렸다.

혈형마공(血形魔功)! 오단계!

내공만 따지면 절정고수 초입 정도, 육체 능력만으로 따진다면 중상이었다.

아버지의 수준이 절정이 못 미치는 일류고수라면 결코 나의 움직임에 따라오지 못할 것이다.

"흥!"

아버지는 가소롭다는 듯 코웃음 치며 나를 향해 묵검을 휘둘렀다.

아버지는 자신의 공격이 나에게 맞지 않는다는 걸 알면서도 포기하지 않는 건가?

한데 아버지의 묵검은 아음속을 뛰어넘어 음속의 벽을 돌파했다.

설마, 절정고수?! 한량의 아버지가? 말도 안 돼!

쉬이익!!

나는 공기를 가르며 날아오는 묵검을 아슬아슬하게 피하는 것에는 성공했지만 음속을 넘으면서 발생하는 충격파가 나의 몸을 후려쳤다.

꽈아앙!

"으윽!"

충격파에 튕겨 내동댕이쳐졌는데 아버지는 그런 나를 향해 달려오더니 용서없는 동작으로 묵검을 힘껏 내리찍었다.

"하하하! 이것이 사랑의 매이니라! 아들아!"

아버지의 그 말에 나는 반론하지 않을 수 없었다.

"그런 사랑의 매는 결단코 사양하겠습니다!"

어쨌든 위기의 순간이었다.

내가 마공을 사용한다는 사실을 들키는 한이 있더라도 아버지의 손에 죽지 않기 위해서는 쓸 수밖에 없다. 아버지라면, 아버지이니까 괜찮겠지.

혈형마공(血形魔功)! 구단계! 육체(肉體)의 강화(强化)! 감각(感覺)의 각성(覺醒)!

파앗! 하고 나의 모습이 무엇보다 붉게 변화하는 것과 동시에 내 눈앞의 시간이 멈추었다.

초절정에서도 최고 수준!

아직도 믿어지지 않는 일이지만 아버지의 무공 수위가 절정급이라고 해도 초절정에서도 최고 수준에 도달한 나를 어떻게 당해내진 못할 것이다.

아무리 그래도 아버지이니까 팰 수는 없고—솔직히 패고 싶다는 마음도 있지만 이번은 참는 것으로 하고—묵검을 빼앗는 것으로 끝내자.

그렇게 결정하고 아버지에게 다가가 묵검을 붙잡는 순간 아버지의 눈동자가 움직이더니 나를 바라보았다.

설마?!

나는 마음속으로 깜짝 놀라 소리치는 순간 아버지는 자신의 손에 쥐어진 묵검을 한 점 미련 없이 놓아버렸다.

결코 생각하지 못했던 아버지의 돌발적인 행동에 멍해진 나의 손에 묵검이 들려졌다. 묵검은 나의 생각 이상으로 묵직했다.

아버지는 그런 나를 향해 싱긋 웃으며 말했다.

"제법이지만……."

아버지의 말이 끝나기도 전에 손과 발을 포함해서 육체의 모든 것을 사용하여 쏟아낸 번개와 같은 난타가 나의 몸에 가해졌다.

꽈꽈꽈— 꽈꽝!!

무시무시한 벽력음과 함께 나는 묵검을 손에 쥔 채로 바닥에 누워 있었다.

아버지는 누워 있는 나의 손에서 묵검을 회수한 후 말했다.

"어디서 혈마 같은 미친놈을 만나가지고 혈형마공 같은 걸 배운 것이냐, 아들아?"

아버지는 내가 혈형마공을 배운 것을 아는 듯 그에 대해 물어보았다. 눈동자며 머리카락이 피처럼 붉게 변화하였으니 모르는 것이 이상했다.

나는 아버지의 물음에 대답하기 전에 반드시 물어봐야 할 것이 있었다.

"아버지, 대체 정체가 뭡니까?"

"나에 대해 묻는 거냐? 나는 네놈의 아버지다. 매일 노는 한량이며 일 없는 백수이기도 하지."

"장난치지 마시고요! 제대로 대답해 주세요!"

"흥! 왕년에 무림 밑바닥에서 칼질을 좀 했을 뿐이다. 이 바닥에서 같이 일하던 낭인들은 나를 낭인왕이라 불렀다."

아버지의 말에 나는 놀라지 않을 수 없었다.

낭인왕(浪人王)!

삼무성을 포함한 무림십대고수 중 한 명으로 소속된 문파가 없는 낭인 중 최강의 고수로 손꼽혔다.

묵검단(墨劍團)이라는 낭인부대를 이끌었으나 살수를 포함한 살인을 하는 집단을 지배하려고 했던 살문(殺門)의 포섭을 거부하고 충돌!

죽고 죽이는 피비린내 나는 전투 끝에 살문의 상급 집단 세 곳을 박살 내었으나 묵검단 또한 전멸하고 낭인왕 혼자 살아남았다.

낭인왕은 살문의 추적을 피해 홀로 모습을 감추었다고 한다.

묵검단이 전멸하고 낭인왕이 사라진 이후 살문에 대적하는 살수 및 낭인집단은 나타나지 않았다.

"그게 아버지라고요?"

"그래. 그런 일이 있었지."

"거짓말! 아버지가 낭인왕이었다니. 왠지 믿어지지 않네요."

"나야말로 아들놈이 마도인이 되었다는 사실이 믿어지지 않는구나. 그것도 가장 흉악하다는 혈마의 혈형마공을 전수받다니."

아버지는 크게 실망했다는 눈으로 나를 바라보았다.

자식으로서 죄책감을 느껴야 마땅하지만 아버지가 아버지인만큼 오히려 기분이 나빠졌다.

"어쩌다 보니 이렇게 되었을 뿐입니다! 아버지야말로 자신의 동료를 죽인 살문에 대해 복수는 안 하세요!"

"복수는 안 할 건데……."

"양심은요?"

"훗. 그런 거 없다."

"……."

낭인왕이라고 해서 조금이라도 기대한 것이 무척 후회스럽다.

아버지는 하늘을 바라보며 말했다.

"복수는 복수를 부를 뿐이다, 아들아."

"귀찮을 뿐이면서."

"훗."

아무래도 나의 말이 맞는 듯 아버지는 계속 하늘을 바라보며 감성적인 미소를 지을 뿐이었다.

나는 몸을 일으켰다.

아버지가 나의 몸에 가한 번개와 같은 난타는 실로 무시무시했지만 혈형마공의 회복력은 죽지만 않으면 순식간에 회복해 버리는 불사신 수준이다. 대화를 나누는 동안 외상은 물론 내상까지 전부 회복해 버렸다.

내가 아무렇지 않은 듯 몸을 일으키자 아버지는 조금 놀란 듯 보였으나 이내 자신만만한 얼굴로 말했다.

"거봐! 네놈의 맷집이라면 나의 묵검에 맞아도 죽지 않을 거라고 했지 않느냐! 네놈의 엄살은 너무 심했어."

나는 어이가 없다는 표정을 지으며 반론을 재기하였다.

"방금 전에는 아버지의 손과 발에 마구 두들겨 맞고 누워 버린 거거든요. 아버지의 손에 들린 묵검으로 머리를 후려치면 분명 죽을 겁니다."

"훗! 길고 짧은 건 대봐야 하는 법이다. 과연 누구의 말에 맞는지 확인해 보도록 할까?"

아버지는 왕년에 글을 배웠다는 듯 잘난 척하며 말했지만 나로선 어이가 없을 뿐이었다.

"아버지! 길고 짧다는 건 그런 때 쓰는 말이 아니에요! 뭘 알고나 말하세요!"

"흥! 그딴 거 알 게 뭐냐!"

나의 지적에 아버지는 자존심이 상한 듯 성질을 내며 인정사정없이 나를 머리를 향해 묵검을 후려쳤다.

"큭!"

빠르다.

지금까지 싸워왔던 적 중에서 뇌기(雷氣)를 다루던 지주공이 가장 빨랐지만 아버지의 검격은 그와 비견될 정도로 빨랐다.

혈형마공 구단계라면 어떻게 피할 수는 있지만 충격파가 덮쳐 올 텐데.

그래. 검(劍)에는 검(劍)이다!

혈형구현화기로 검을 만든 후 아버지의 묵검을 목표로 마신검을 펼쳤다.

[베베베― 벤다!]

마신검 특유의 광기 가득한 음성을 들으며 아버지의 묵검과 충돌했다.

꽈아앙!

음속과 음속이 넘는 검격의 충돌! 무시무시한 폭발에 나는 두 걸음 물러섰다. 그에 반해 아버지는 충격을 버티지 못한 채 튕겨 날아가고 말았다.

아버지의 검은 빠르기는 무척 빨랐지만 뒷심이랄까. 어디까지나 나와 비교해서 검에 담긴 위력 자체는 떨어졌던 것이다.

날아갔던 아버지는 나무와 충돌하고 바닥에 주저앉으며 고통스런 신음을 토해냈다.

"크윽! 이 금수만도 못한 놈! 감히 아비를 죽이려 하는 것이냐!"

"아버지가 먼저 저를 죽이려 했거든요."

"닥쳐라! 감히 아비의 말에 말대꾸를 하다니! 어디서 배워먹은 말버릇이냐!"

"아버지요."

"내가 언제?!"

"외할아버지와 만나면 매번 말싸움하잖아요!"

사천당문의 가신 백가의 우두머리인 외할아버지는 눈에

넣어도 아프지 않을 천금 같은 자신의 딸이었던 어머니를 유혹하여 장가가는 것에 성공한 아버지를 원수로 생각하고 있었다.

실제 외할아버지는 사천당문의 비전 독을 음식이나 차에 섞어 먹게 하거나 살수를 고용하여 처리하려 하였으나 눈치 하나는 백단인 아버지는 독이 들어간 음식은 귀신같이 골라 내어 피해 버리고 자신의 목숨을 노리는 살수는 역으로 자신이 먹었어야 할 독으로 독살시키는 등 생존 능력의 극치를 보여주었다.

심지어 같은 사천당문의 가신이지만 백가와 앙숙인 암가의 가주와 친구가 되어 암가로 하여금 자신의 신변을 지키게 하는 등 외할아버지의 분노를 극에 달하게 만들었다.

아버지는 암가의 가주와 친구인데, 그 자식인 암가 이십칠 호는 어째서 나를 못 잡아먹어서 난리인 건지. 어릴 땐 같이 목욕도 하고 꽤 친했던 것 같은데. 역시 당문천에 대한 욕을 한 후 나를 미워하기 시작했던 것 같다.

당문천은 오히려 욕을 한 사실을 알게 된 후 친해지기 시작해 결국 친구가 되었다. 당문천 그놈은 변태 아니면 부처가 분명하다.

그와 관련된 여러 일화가 있지만 중요하지 않으니 그만 하기로 하고 이미 쌀이 익어 밥이 된 마당에 그만 용서할 때도 되었지만 아버지는 결코 일하지 않는 주의인지라.

외할아버지와 만났다 하면 큰 싸움이 일어나곤 하였다.

"속 좁은 할배하곤 의견이 달랐을 뿐이다."

"의견이 달라서 욕까지 하나요."

"감정이 격해지다 보면 그럴 수도 있는 법이지. 너 같으면 얼굴을 향해 칼이 날아오는데 욕 안 하겠느냐!"

"……."

방금 전까지 목검으로 나의 머리를 후려치려고 했던 건 기억하지 못하는 건가? 아님 남이 하면 불륜이고 자신이 하면 낭만이라는 걸까.

어쨌든 이것으로 부자지간의 싸움은 끝을 맺었다.

"내 생각은 바뀌지 않았지만 네가 고집을 부리니 어쩔 수 없구나. 네 마음대로 해라."

"처음부터 그럴 생각이었어요."

"하지만 네놈이 마도인이라는 사실을 들키게 된다면 어쩔 생각이냐. 너 혼자만으로 끝날 문제가 아닐 텐데."

"그에 대해선 다 생각이 있으니까, 아버지는 걱정하실 것 하나도 없어요. 아버지나 잘하시죠."

"나는 언제나 잘하고 있다."

"아버지, 부탁이니까 허풍은 그만 하세요. 계속 그러다간 정말로 어머니에게 버림받아요."

그 말을 끝으로 아버지를 뒤로한 채 집으로 돌아갔다.

第五章
어릴 적 추억을 떠올리며
잡담을 나누다

고향 집에는 삼 일 정도 머물기로 하였다.

나는 아버지를 마지막으로 만날 사람은 전부 만났으니 당장 떠나도 상관없지만 함께 고향에 온 당문천이 집안의 일 등으로 여러모로 바쁘기 때문이다.

그에 반해 나는 무척 한가했다.

아! 당문천의 부인을 보게 되었는데 녀석과 아주 잘 어울리는 조용하고 차분한 인상의 미인이었다. 보통 큰 가문의 여인이라면 성깔이 있거나 거만하기 마련인데 그런 게 전혀 없다고 할까. 하인이나 하녀들에게 잘 대해주는 등 무척 착한 여인이었다.

신분상 나는 시종일 텐데 당문천이 자신의 친구라고 소개
하니 다소곳이 고개를 숙여 인사한 후 존댓말을 해주어서 정
말이지 감동받았다.

한가하다고 하지만 방에 가만히 있으면 어머니를 포함해
서 기타 친척들이 청소 등의 힘든 일을 시키기에 귀찮음을 피
하기 위해 사람들이 잘 찾지 않는 장소를 물색했다.

그리하여 발견한 곳은 호수가 있는 정자.

이곳은 이미 청소를 끝내었기에 어느 누구도 찾아오지 않
을 것이다. 또한 마교와의 전쟁 중이니 사천당문 일족 누구도
한가하게 휴식을 취하러 오지 않을 것이다.

정자 안쪽 그늘에 누워 낮잠을 자려고 하는데 인기척이 느
껴졌다.

"이런! 설마 나의 생각이 틀릴 줄이야."

혀를 차며 정자 아래쪽에 몸을 숨겼는데 다가온 인기척의
주인을 살펴보니 의외의 인물이었다.

흑의 무복에 말총머리를 한 내 또래의 소녀였다.

듣고 놀라지 마시라. 소녀의 정체는 바로 암가 이십칠호.

언제나 착용하고 있던 갑주와 얼굴을 감추는 가면이 없어
자칫 몰라볼 수도 있지만 어릴 적에 각인된 추억이 워낙 강렬
했던지라 잊고 싶어도 잊을 수가 없었다.

좋은 추억이 있느냐고? 그랬으면 얼마나 좋을까.

어릴 적에 저년은 내가 당문천을 욕했다는 이유로 분노한

나머지 날이 잘 선 비수로 내 얼굴 가죽을 벗기려 했었다. 당시 나는 죽음의 공포가 무엇인지 알게 되었다.

본래 암가에선 사천당문을 따르도록 가르치긴 했지만 암가 이십칠호의 당문천에 대한 마음은 사랑이나 동경, 충성심 같은 건 가볍게 뛰어넘어 신앙의 영역에 도달했다.

자신의 신을 욕하였으니 분노한 것은 당연한 일이었다.

하지만 어릴 적의 내가 그런 걸 어떻게 알겠는가? 그때부터 암가 이십칠호는 나를 볼 때마다 으르렁거렸고 나는 무서워 도망치기 일쑤였다.

지금 와서는 그런 것도 추억의 일종일까.

암가 이십칠호는 뭔가 고민이 가득한 청승맞은 얼굴로 정자를 향해 걸어오다가 갑자기 몸을 낮추더니 나를 발견하고 입을 열었다.

"그 밑에서 뭘 하고 있는 거야?"

"내가 있는 곳을 어떻게 알았지?"

"흥! 은신은 암가라면 기본 중의 기본이야."

"확실히 그렇군."

나는 고개를 끄덕여 인정한 후 기어서 밖으로 빠져나왔다.

나와 암가 이십칠호는 서로의 존재를 반쯤 무시한 채 호수를 바라보았다.

"……"

"……"

무지 어색해!

뭔가 좀 말해보라고! 평소엔 살기 가득한 눈으로 노려보면서 죽인다고 말했잖아. 아니, 그렇다고 정말로 그런 말을 들으면 그것대로 기분 나빠지지만. 지금의 침묵보단 나을까.

내가 먼저 말하는 것도 그렇고. 으음. 이곳을 떠날까.

그런 결론을 내린 나는 슬금슬금 조심스럽게 뒷걸음질치며 이곳을 떠날 준비를 하고 있는데

그동안 아무 말 없었던 암가 이십칠호는 호수로 향하고 있던 시선은 유지한 채 입을 열었다.

"아주머니는 건강하셔?"

아마 나의 어머니를 말하는 거겠지.

이 녀석이 어릴 적에는 어머니를 자신의 어머니처럼 따랐다. 나이를 먹고 커가면서 암가에서 전수하는 여러 무공 및 기술을 배우면서 자연스럽게 소원해졌다고 할까.

그래도 같은 곳에 살고 있어 가끔씩 만날 때가 있는데 무척 반가워하며 담소를 나눈다.

오직 나만 살기 가득한 눈으로 쏘아보며 죽이려 할 뿐이다.

어머니는 예외일 뿐, 기본적으론 암가와 백가는 사이가 좋지 않은 편인데 다른 친척들에 비해 오직 나만 유독 심하다고 할까.

당문천을 욕한 게 그렇게 싫었단 말이냐!

사실 말해서 무척 잘난 놈이라는 투로 비아냥거렸을 뿐 심

한 욕을 한 것도 아니잖아.

그런 속마음을 감춘 채 고개를 끄덕이며 대답했다.

“응. 건강해 보였어.”

“좋은 분이니까. 잘 모시도록 해. 괜히 무림인이라며 날뛰다가 아주머니를 속상하게 만들지 말고.”

“그래. 충고 고맙다.”

암가 이십칠호에게 감사의 말을 하면서 떠날 수 있는 순간이 왔음을 깨달았다.

“그럼 볼일이 있어서 이만…….”

“볼일 같은 거 없잖아.”

녀석의 정곡을 찌르는 말에 나는 걸음을 멈추고 말았다.

낮잠을 자러 왔다는 것을 보면 알 듯 다른 볼일 같은 건 없었던 것이다. 오히려 이곳을 떠나면 친척들을 만나 귀찮은 일이 생길지 모른다.

“아니, 집안일도 도와야 하고…….”

나의 변명의 말에 녀석은 기분 나쁘다는 것이 확 느껴지는 코웃음을 터뜨렸다.

“흥! 내가 보기 싫어서 떠나는 거라고 솔직하게 말하지 그래.”

평소의 살기는 없지만 그에 못지않은 가시가 박혀 있는 그 말에 나는 눈살을 찌푸리지 않을 수 없었다.

“너야말로 나를 싫어하는 거 아니었냐.”

싫어하는 것을 넘어 증오하여 죽이려 하였다.

지금은 내가 강해졌기에 손을 대지 않으려는 것뿐이다.

"당연하지. 주인님에게 함부로 대하는 녀석이잖아."

"내가 녀석과 친구니까."

그 말이 끝나기 무섭게 녀석의 손이 비호처럼 움직였다.

착!

송곳을 연상시키는 암기를 뽑아 들며 나를 찌르려 하였다.

피하는 것이 조금만 늦었어도 목을 꿰뚫었을 것이다.

"그분을 모욕하면 용서하지 않겠어!"

녀석은 미안한 마음은 손톱의 때만큼도 없는 듯 각오가 느껴지는 어조로 말하였다.

나는 어이가 없어 소리치지 않을 수 없었다.

"잠깐! 내가 언제 모욕을 했다는 거냐!"

"네가 그분의 친구라고 자처했던 것이 모욕이야."

"젠장! 너 말이야, 주군에 대한 충성심도 좋지만 너무 심하잖아! 지금의 너는 충신이 아니라 광신자라고! 정신병자야!"

한 번만 더 나에게 덤벼들면 이 자리에서 버릇을 고쳐 놓을 테다.

그런 생각을 하며 녀석의 공격을 기다렸는데 생각과 달리 녀석은 그 자리에 쪼그려 앉으며 바닥을 내려다보았다.

"알고 있어, 내가 이상하다는 것쯤은."

"…그러냐."

미친놈은 결코 자신을 미친놈이라 인정하지 않는다고 한다. 그런데 녀석은 자신의 성격적인 결함을 인정하고 있었다. 그럼 제정신을 차렸단 말인가?

"하지만 어쩔 수 없는걸. 나는 그런 성격이니까."

"……."

살아온 삶도 경험도 일천한 나로선 녀석에게 뭐라 말해줄 것은 없어 입을 꽉 다물었다.

하지만 그래도 남자로서 고민에 빠져 있는 여자애에게 뭔가 좋은 말을 해줘야 하는 건 아닐까.

일각여를 고민한 끝에 풀이 죽어 있는 녀석을 향해 조심스럽게 말했다.

"성격적인 결함은 누구에게나 있는 거야. 그러니까 그렇게 고민할 필요는 없어."

나의 명언에 녀석은 놀란 듯 눈이 동그랗게 변하였지만 이내 본래의 표정으로 돌아가 고개를 잘래잘래 내저으며 말했다.

"훗. 아직 철이 덜 든 너에게 그런 말을 듣다니. 나도 참 전락할 대로 전락했어."

제길! 비웃음을 당했다.

녀석은 다시 바닥을 바라보며 말을 이었다.

"나는 성격적인 결함이나 그런 간단한 걸로 설명할 수 있는 게 아니야. 뭘 알고나 말하라고. 아무것도 모르는 멍충이씨!"

이게!

녀석의 말에 화가 났는지 몸 안의 피가 끓어오르기 시작했다.

"너 말이야, 내가 애써 좋은 말을 해줬으면 고맙다고 감사를 표해야 하는 거 아니야?!"

나의 말에 녀석은 어이없다는 표정을 짓다가 다시 침울한 얼굴로 돌아가 바닥을 내려다보며 말했다.

"혹시 나에게 생색을 내고 싶은 거였어?"

녀석의 그런 모습을 보자 머리끝까지 치솟았던 화는 자연스럽게 사그라들었다.

"에휴. 너랑 말싸움해 봤자. 무슨 소용이 있겠냐. 진짜 싸우기 전에 떠나는 게 좋겠지. 그럼 나 간다."

걸음을 채 옮기기도 전에 녀석은 손을 내뻗어 나의 옷자락을 붙잡았다.

"가지 마."

갑자기 뭐냐고 물어보려 했지만 녀석에서 뭔가 절실함이 느껴졌기에 뿌리치고 떠날 수가 없었다.

"쳇. 어쩔 수 없군."

나는 혀를 차며 녀석의 옆에 자리를 잡고 앉았다.

"뭔가 즐거운 이야기를 해봐."

"생각나는 게 없는데."

"흥. 고향을 떠난 후 그동안 뭘 했는지 이야기해 봐. 점창

파의 제자가 되었다고 알고 있었는데 마공은 누구에게 어떻게 배운 거야?"

"그에 대해선 대충은 알고 있을 텐데."

나는 마공을 배우게 된 경위에 대해 절대천마에 관한 이야기를 포함해서 세세한 것을 제외하고 당문천에게 이야기한 적이 있었다. 언제나 몸을 숨긴 채 당문천을 호위하는 녀석이니 나에 대한 이야기를 들었을 것이다.

"잘은 몰라. 자세하게 이야기해 줘."

"그런 걸 이야기할 정도로 우리가 그렇게 친했었나?"

"어릴 적에는 친했잖아. 같이 목욕도 했고."

"그건 아주 어릴 적의 일이잖아. 철이 든 후론 매일 나만 보면 죽이려 했으면서."

"지금은 몰라도 그땐 진짜로 죽일 생각은 없었어. 그냥 벌을 주기 위해서 얼굴에 평생 지워지지 않을 상처를 만들어주려고 했을 뿐이지."

"죽이는 것과 무슨 차이냐!"

"죽는 것보단 나아. 그리고 얼굴의 상처 따위 남자니까 괜찮지 않아?"

"전혀 괜찮지 않아! 남자도 얼굴은 중요해!"

"그런가? 미안해."

"네 말투에선 죄책감이 전혀 느껴지지 않아!"

잠시의 침묵이 있은 후 둘 사이의 썰렁해진 분위기를 바꾸어보는 것도 나쁘지 않겠다는 생각이 들어 조심스럽게 나에 대한 이야기를 시작했다.

당문천에게 한 것과 크게 차이는 나지 않았다.

혈마를 만나 납치당하고 십만대산에서 무공을 배우게 된 이야기와 혈마의 제자인 사형과 친구로 사귀게 된 정해랑, 그리고 여동생으로 삼은 종리혜, 성녀와 그 밖의 마도인과 마교인에 대해서 이야기하였다.

다만 당문천 때와 마찬가지로 심연에 들어간 일과 그곳에서 혈마의 동문지간인 혈영을 만나 수문장인 활강시와 천마강시를 물리치고 절대천마의 무공을 얻게 된 것은 제외했다.

천마지존과의 싸움으로 마황이라 불리게 되었고 중압감을 견디지 못한 채 도망쳤다는 이야기는 기회를 붙잡아 혈마에게서 도망쳤다는 것으로 살짝 바꾸었다.

"과연. 네 몸은 평범한 내공심법은 수련할 수 없지만 마공만은 배울 수 있는 특이체질이라는 거구나."

"그래. 혈마는 이런 나를 천무지체와 비견되는 천마지체라고 하는데, 그딴 게 있을 리 없지. 그냥 특이체질이다."

"그냥 특이체질치곤 너무 강하던데. 너만 모를 뿐 천마지체라는 게 정말로 있는 거 아니야?"

"그건……."

뭐라 반박할 말은 없었다.

절대천마에 대해 이야기해 줄 수 없을뿐더러 실제로 나의 체질은 마공에 한해선 정말 놀라울 정도의 빠른 성취를 보이기 때문이었다.

나에겐 그냥 특이체질이지만 다른 사람의 눈에는 무공의 천재 천무지체와 비견될 천마지체로 생각될지도 모른다는 생각이 들었다.

"아무래도 상관없겠지. 네가 사형이라 부르는 혈마의 제자에 대해서 이야기해 봐."

"사형. 그는 성실하고 좋은 사람이야. 제법 잘생기고. 혈마의 제자라는 게 이해되지 않을 정도지. 정파의 제자였다면 정말 좋았을 텐데."

사형에 대해 칭찬을 포함해서 이것저것 좋은 이야기를 해주었다.

녀석은 모든 이야기를 들은 후 고개를 끄덕이며 말했다.

"그럼 정해랑이라는 친구에 대해 이야기해 봐."

"으음. 녀석은 척 보면 무서워. 흉악무도한 혈마를 능가하는 악마로 보일 정도지. 하지만 실제론 좋은 녀석이야. 전신을 감싸는 흑의에 긴 머리카락으로 숨기고 있는 얼굴은 놀라울 정도로 절세미인이라고 할까. 내가 아는 한 비견될 미인은 검후밖에 없어."

여기서 내가 말하는 검후란 촌스러운 여자인 춘화가 아니라 세상에 검후로 알려져 있는 화람을 말한다. 어쨌든 정해랑에 대해 이것저것 칭찬하며 그 녀석과 관련된 일화에 대해 이야기해 주었다.

"여동생으로 삼았다는 종리혜에 대해 이야기해 봐."

"혜아는 불쌍하고 가련한 아이야."

마공을 잘못 수련하여 이중인격!

살육귀의 인격을 가지고 있어 원하지 않은 끔찍한 짓을 저질렀다.

지금은 혈영의 영체까지 빙의되어 삼중인격이 되었던가? 아니, 혈영이 살육귀의 인격을 억눌렀으니 계속 이중인격이다. 좋은 이야기가 아니었기에 대충 좋은 아이라고 이야기해 주었다.

"마교의 성녀는 어때? 무림에 떠도는 소문처럼 아름다워?"

나는 즉시 고개를 내저어 부정했다.

"아니, 그냥 어린애던데."

마교, 아니, 성월교의 성녀는 나의 제자인 산산이나 건방진 꼬맹이인 영영 또래의 어린아이였다.

산산은 실제 나이가 믿어지지 않을 정도로 성장했지만 그런 말도 안 되는 성장은 얼마 되지 않을 것이다. 즉, 아직도 어린애에 지나지 않는다.

"뭐, 성녀라 그런지 성격이나 성품 자체는 그리 나쁜 것 같진 않지만, 너무 어려서 실망이 컸지."

"생각보다 좋은 사람이 많구나."

"아니. 내가 운이 좋았던 것뿐이야. 내가 지지리 복이 없는 대신에 인맥운 하나만큼은 크게 타고났잖아.”

“그러네. 그럼 십만대산에서 사귀었던 생각보다 좋은 사람들은 이번 전쟁에서 싸우다가 죽겠지?”

“…….”

“설마, 몰랐던 거야?”

녀석은 심술 가득한 표정을 지으며 말했다.

아니, 알고는 있었다. 다만 그에 대해 생각하지 않았을 뿐이다.

녀석의 말대로 십만대산에서 내가 사귀었던 이들은 이번 전쟁에 참가하여 죽어버릴 가능성은 매우 높았다.

“미안. 괜히 너에게 심술을 부린 것 같네.”

“너, 무슨 일 있었냐?”

언제나 당문천의 곁에 붙어 호위하던 녀석이 갑자기 정자가 있는 호숫가에 와서 멍 때리고 있는 것도 그렇고 친하지도 않았던 미워했던 나를 붙잡고 이야기를 하는 게 뭔가가 있는 것 같은데.

“별로. 평소와 똑같아. 고향에 온 후 조금 한가해져 쉬고 있는 것뿐이야. 주인님의 호위는 잠깐 다른 이들에게 맡겼고.”

즉, 녀석의 이야기를 들어보면 고향에 온 후 뭔가가 있었다는 말이로구나. 대체 무슨 일이 일어났기에 이 독한 녀석이 풀이 죽었을까?

녀석을 이렇게까지 풀이 죽게 만들 수 있는 건 오직 한 명 뿐이다.

당문천.

당문천 그 녀석의 성격을 보건대 이 녀석에게 심한 말을 할 녀석도 아니고 설사 심한 말을 했다고 해도 녀석은 오히려 기뻐할 변태 중의 변태.

당문천과 관계가 있지만 그 밖의 요건.

아! 떠올랐다. 어째서 내가 그걸 생각하지 못한 거지?

당문천의 부인이 있었던 것이다.

이 녀석이 당문천을 따르는 수준은 광신자의 영역에 이르렀다.

달리 설명하면 그 정도로 당문천을 생각하고 있었다. 미치도록 사모하고 사랑하고 있었다.

하지만 둘은 맺어지지 못한다.

이 녀석이 사천당문의 가신이라 맺어지기 어려운 것도 있지만 당문천은 녀석을 충신 이상으로 생각하지 않기 때문이었다.

세상에서 가장 슬픈 외사랑! 짝사랑이었다.

뭐, 어디까지나 나의 추측이지만 사실이라고 한다면 나로선 남녀 사이에 관한 일에 대해 어떻게 할 수 없었다. 에휴.

"아무 일도 없어."

녀석은 나의 걱정 섞인 물음을 부정하며 조심스럽게 나를 향해 다가왔다.

으윽! 무서워! 예전의 내가 아니라서 쉽게 당하진 않겠지만 어릴 적에 생겼던 정신적인 상처는 쉽게 아물지 않는 법이다. 그것보다 이 녀석 지금 무슨 짓을 하려는 거지?

풀이 죽은 태도로 나를 방심시킨 후 암습을 가하려는 건가?

녀석은 나의 예상을 뛰어넘어 암습보다 더욱 무서운 것을 하였다.

"여자랑 입을 맞추어본 적 있어?"

"없는데……."

"그럼 우리 한 번 입맞춤해 볼래?"

"잠깐! 여기까지."

"어째서? 내가 싫어?"

갑자기 이러니까 무섭다!

"무슨 일이 있었는지 모르겠지만 갑자기 이러는 거 서로 좋지 않아."

"걱정 마. 너보고 책임지라 말하지 않을게. 아니면 입맞춤보다 더 좋은 거 해볼래?"

"……!"

고향에 돌아온 후 여러 일이 있었지만 전혀 생각지 못한 녀석에게 상상을 초월한 상황이 벌어지고 있었다. 대체 어떻게 대처하면 좋을까? 확! 저질러 버려?!

결론적으로 말한다면 일을 저지르진 않았다.

내가 무슨 여자를 밝히는 색골도 아니고 나를 미워하며 죽이려 하던 여자가 갑자기 유혹 비슷한 것을 한다고 해서 넘어갈 리가 없었다.

"겁쟁이구나. 책임지지 않아도 된다고 말했는데. 의지박약이야."

"마음대로 생각해. 저지른 다음 후회하는 것보단 낫겠지."

"홍. 그래, 위험하고 하기 싫은 건 언제나 피하고 도망치라고. 언제나 그렇게 살아가. 겁쟁이."

녀석은 나에 대해 비꼬는 듯 말하였지만 나는 아프기는커녕 가렵지도 않았다. 마음의 상처 따위 입지 않았다.

이후 녀석과 헤어지고 나는 집으로 돌아갔다.

第六章
당문천의 경우

　고향에서 며칠 아무 고민 없이 푹 쉰 후 떠날 생각이었는데
골치 아픈 것들이 나타났다.

　나의 유일무이한 제자라는 산산이 찾아온 것이다.

　부하 삼인방도 덤으로 왔는데 그 녀석들은 사천당문의 가
신인 나의 집으로 찾아오는 것이 두려운 듯 그냥 근처 객잔에
묵고 있었다.

　산산은 천무대회에서 우승한 후 일약 유명인이 되었는데
검후의 뒤를 이어 소검후 혹은 신검후로 불리며 무림의 높으
신 분들을 포함해서 무림에 관련된 만인의 기대를 받고 있었
다.

그런 그녀가 나의 집에 찾아오는 것은 풍파를 일으키는 것
이라 할 수 있었는데 대외적으론 먼 친척인 신기(神技) 당문
천을 찾아온 것으로 알려졌다.

산산은 자신이 소검후라는 사실을 숨긴 채 나의 집에서 집
안일을 도왔고, 어머니를 포함해서 집안 사람들은 그런 산산
의 모습에 칭찬을 아끼지 않았다.

"좋은 여자를 찾았구나."

어머니를 포함해서 친척들이 나를 볼 때마다 하는 말이었
다.

아무리 둔한 나라고 해도 그에 담긴 말뜻을 모를 리 없었
다.

절대! 아니거든요!

나이에 비해 덩치만 클 뿐, 실제론 건방진 꼬맹이인데 무슨
얼어죽을 좋은 여자란 말인가!

나는 당장이라도 말도 안 되는 오해를 풀려 하였지만 아무
도 나의 말을 믿으려 하지 않았다. 빨리 장가나 가란다.

산산 저 계집애도 무슨 원한이 있는지 싱긋 미소를 지을 뿐
변명의 말을 하지 않았다.

크아아악! 내가 미쳐! 설마 코가 꿰이는 것은 아니겠지?!

산산! 나를 골려먹기 위해서 자신의 인생을 희생하는 것조
차 마다하지 않는 것이냐?! 이 독한 년!

이 일을 어떻게 해결하면 좋을까?

장차 무림을 멸망시킬 마중마와 그 제자인 육망성과의 싸움보다도 훨씬 더 무서운 일이었다. 여기가 십만대산도 아니고 고향 집이니 무작정 도망치는 것도 해결책은 되지 않을 것이다.

결국 한참을 고민하던 나는 아버지를 찾아가 이번 사태에 대해 상의를 해보았다.

아버지는 여전히 나무 그늘 아래 바위 위에 누운 채 이야기를 전부 들은 후 피식 웃으며 자신의 생각을 말했다.

"아무렴 어떠냐. 좋지 아니한가?"

"예?"

이놈의 아버지, 지금 무슨 헛소리를 하려는 거지?

"영계지 아니한가? 흠. 너도 제법 젊은 놈이니 영계는 아닌가? 어쨌든 연하잖아. 오호! 땡잡았다고 생각해라."

"이! 무슨 아버지가 이래!"

분노로 가득한 나의 외침에도 아버지는 전혀 신경 쓰지 않은 채 하늘을 바라보며 낮은 음성으로 중얼거렸다.

"훗! 너 같은 애송이는 깨닫지 못할 어른의 지혜이니라."

"……"

젠장! 안 되겠어. 아버지는 전혀 도움이 되지 않아. 하지만 달리 고민을 해결해 줄 사람이 없었다.

"으으. 어떻게 하지?"

정자가 있는 호숫가에서 머리를 붙잡고 괴로워하고 있는

데 그런 나에게 암가 이십칠호 녀석이 다가왔다.

"너는 이곳에서 궁상을 떠는구나."

"궁상을 떤 건 너였잖아."

"나는 그런 적 절대 없어."

녀석은 진실을 말한다는 듯 냉정한 어조로 말하고는 나와 반 장가량 거리를 띄운 자리에 엉덩이를 붙여 앉았다.

녀석의 그런 모습이 참으로 밉살스러워 뭐라 한마디 해주지 않을 수 없었다.

"너 고향에 온 후 한가하신 모양이구나. 당문천의 호위는 안 하냐?"

말을 내뱉고는 순간 아차! 하였다.

당문천의 이름을 아무렇지 않게 부르면 살기를 내뿜으며 죽이려 하지 않았던가? 그랬었는데 놀랍게도 녀석은 나를 향해 살기도 공격조차 가하지 않았다.

"흥."

기분이 상했다는 듯 가볍게 코웃음 치며 힘이 없는 멍한 눈으로 호수를 바라볼 뿐이었다.

뭐지? 저 태도는? 저번에 만났을 때에도 뭔가 이상하다고 생각했는데 설마 치료 불가능한 죽을병에라도 걸린 건가? 그게 아니면 당문천의 일인가?

"괜찮아?"

"괜찮으니까 신경 쓰지 마."

친절을 베풀려 했더니 냉정하게 거부당했다.

지금 내가 다른 사람을 생각할 때가 아닌지라 그냥 무시해 버리고 싶었지만 어릴 적의 인연도 있고 해서—설사 나를 죽일 듯 괴롭힌 거라 해도—조금만 더 신경 써주기로 하였다.

생각해 보면 나는 제법 그릇이 큰 남자였군.

침울한 녀석을 기운이 나게 만드는 방법은 크게 두 가지가 있다.

가장 좋은 방법은 기분 좋게 만드는 것인데 저 녀석의 성격을 보건대 내가 무슨 재미있는 말을 해도 기분 좋아질 리 없었다. 기분을 좋게 만들 수 없다면 반대로 화를 나게 만들면 된다. 분노는 살아가는 것에 있어 가장 큰 힘 중 하나인 것이다.

녀석을 화나게 만드는 가장 좋은 방법은 당문천을 욕하는 것인데, 그건 좀 무섭고 자칫 잘못하면 역효과가 날 수도 있으니 다른 방법으로 화를 내도록 만들어보자.

"너, 이제 보니 가슴이 참 작구나."

빠직!

내 말이 끝나기 무섭게 녀석의 이마에 힘줄이 솟구쳤다.

"죽인다."

챙!

도대체 어디에 숨겨두었던 것인지 날이 선 비수를 꺼내어 문답무용 나를 찌르려 하였다.

나는 나의 목을 노리는 비수를 피해 몸을 날린 후 쏜살같이 도망쳤다. 그런 나의 뒤를 녀석이 쫓아오며 소리쳤다.

"기다려! 죽인다!"

"죽인다는데, 멈추겠네."

"닥쳐! 죽어!"

살기등등한 목소리로 보건대 기운이 생긴 모양이다. 다행이려나.

그렇게 생각하며 호숫가를 중심으로 빙글빙글 달려나갔고 녀석이 그 뒤를 쫓아왔다.

나는 환영무유보라는 극한의 경공술을 사용하고 있었기에 결코 따라잡히지 않았고 언제든지 떨쳐 낼 수도 있었지만 정말로 떨쳐 내면 본말전도였기에 잡힐 듯 말 듯 아슬아슬한 거리를 유지하였다.

그렇게 얼마의 시간이 지났을까?

초절정의 내공을 가진 나는 칠 일 밤낮을 쉬지 않고 달려도 결코 지치는 일은 없겠지만 녀석의 내공은 대단하지 않은 듯 얼굴이 붉어질 정도로 달리다가 모든 체력을 소진한 채 엎어지고 말았다.

녀석은 엎어진 채로 경련이 일어난 듯 전신을 부들부들 떨고 있었다.

나는 혹시 함정이 아닐까 생각했으나 녀석의 경련에서 심상치 않은 느낌이 들어 조심스럽게 다가가 살펴보았다.

"괜찮아?"

나의 걱정이 담긴 물음에 녀석은 엎어진 자세에서 몸을 굴려 누운 자세로 바꾸었다.

"헉! 헉! 죽을 것 같아……."

녀석이 몸을 굴렸을 때 역시 함정이었구나! 라고 흠칫했으나 어느새 파랗게 창백해진 얼굴로 연신 숨을 헐떡거리는 것을 보고 안심하며 몸 상태를 살펴보았다.

격한 감정 상태에서 뛰느라 체력을 전부 소진했을 뿐 그리 큰 문제는 없어 보였다. 나와 비교해서 내공이 부족할 뿐 어릴 적부터 해온 수련은 높은 것이니 금방 회복할 것이다.

그랬을 터인데. 생각했던 것보다 회복이 늦었다.

창백해진 얼굴은 그대로인 채 가슴을 움켜잡으며 괴로워하고 있었다.

"어? 괜찮은 거냐?"

"헉! 헉! 헉……."

나의 물음에 거친 숨소리만을 내뱉을 뿐이었다.

"이런! 일났네."

나는 혀를 차며 좀 더 자세히 상태를 살펴보기 위해 맥을 짚어보았다. 의원이 아닌지라 정확하게 판단할 수 없지만 몸 안의 내공이 불안하게 흔들리고 있었다. 내상을 입은 것이다.

특히 폐와 심장에 문제가 있는 것 같았다.

"일단 응급처치를 해야겠는데……."

나는 명문혈을 통해 내력을 불어넣어 보았지만 그리 큰 효과는 나타나지 않았다.

아무래도 내가 가진 내공이 혈형마공이 기본이라 그런 것 같다. 아님 단순하게 내가 내공을 다루는 기량이 떨어졌거나. 어쨌든 내공을 넣는 것만으론 제대로 된 치료 효과가 나타나지 않을 것 같았다. 그런 이유로 기혈이니 기경팔맥 같은 건 무시한다.

"가슴을 통해 직접적으로 집어넣는다."

가슴을 통해서라면 심장은 물론 폐까지 일석이조의 치료 효과를 발휘할 수 있을 것이다.

미리 말해두지만 나는 결코 음흉한 마음을 가지고 가슴을 만지려는 것은 아니다. 어디까지나 치료를 위해서 만지는 것뿐이다.

"일단 옷은 방해가 되니까 벗기고……."

말을 내뱉는 것과 동시에 행동으로 옮긴다.

녀석의 몸 상태는 점점 더 악화되는 듯 더욱더 헐떡거리며 신음성 섞인 말을 내뱉었다.

"헉! 헉! 지… 금 무슨 짓을……."

나는 그다지 잘못한 것이 하나도 없기에 당당하게 나의 행동을 말하였다.

"신경 쓰지 마. 그냥 치료를 하는 것뿐이다."

녀석의 물음에 당당하게 대답하며 상의를 벗겨 속살이 드러나게 만들었다.

가슴 부위의 속살을 보게 되었지만 별 감흥은 없었다.

그저 깨달음을 얻은 표정으로 고개를 끄덕일 뿐.

"과연. 생각한 것만큼 작구나."

나의 말에 녀석의 얼굴은 더욱더 창백하게 변화하였다.

"네 녀석!"

녀석은 나를 향해 뭐라 소리쳤지만 그런 사소한 일엔 신경 쓰지 않았다.

생명을 구하는 것이 중요하기에 그것을 우선한다.

"간다."

한 생명을 구하겠다는 신념이 가득 담긴 목소리로 말하며 녀석의 가슴에 나의 두 손을 가져갔다.

살과 살이 접촉하는 것과 동시에 녀석의 몸 안에 내력을 집어넣었다.

"커억!"

녀석의 입에서 격한 신음 소리가 흘러나왔다.

몸 안에서 피의 움직임이 격렬하게 바뀌는 것이 느껴진다.

치료가 된다는 증거였다.

"죽인다! 반드시 죽여 버리겠다!"

내 손에 생명을 구원받은 녀석은 은혜도 모르고 한층 더 살기 가득한 목소리로 나를 향해 소리쳤다.

나는 녀석의 예의없는 태도에 어이없다는 표정을 지으며 말했다.

"너 말이야, 은혜를 원수로 갚을 생각이냐?"

유감스럽게도 나의 충고의 말은 녀석에게 통하지 않은 것 같았다.

"닥쳐! 네 녀석을 반드시 죽여 버리겠어!"

쓸데없이 분노하고 있는 녀석의 말에 대꾸하는 것은 내가 아닌 다른 사람이었다.

"아니오. 그럴 수는 없습니다."

실로 감정이 느껴지지 않는 차가운 목소리의 주인은 다름 아닌 산산이었다.

산산은 실로 오랜만에 나를 존경 가득한 눈이 아닌 길가에 흘러나온 썩은 오물을 보는 눈으로 바라보며 말을 이었다.

"제 손에 죽으실 테니까요."

나는 산산의 독설을 듣고 뭐라 형언할 수 없는 감정에 전신을 부르르 떨었다.

"산산아, 네가 뭔가 오해를 하고 있는 것 같은데. 나는 어디까지나 생명을 구하는 것으로……."

나의 변명에 산산은 어느 때보다 고요한 얼굴로 고개를 내저었다.

"아니오. 이곳에 와서 사부님에 대해 잘 알게 되었습니다.

사부님이 저지른 추악한 죄는 제자의 책임입니다. 제가 사부
님을 구제해 드리죠."

무섭다! 너무나도 무서워!

지금의 산산은 십만대산에서 친구로 사귀었던 정해랑 이
상으로 무서웠다.

"싫어!!"

나는 비명과 같은 괴성을 내지르며 산산에게서 도망쳤다.

"도망치지 못합니다."

그런 내 뒤를 산산이 빠른 속도로 쫓아왔다.

"죽인다!"

내 손에 의해 몸을 회복한 녀석이 산산의 뒤를 이었다.

"왜 나만 가지고 그래!! 내가 무슨 짓을 했다고! 나는 옳은
일을 했을 뿐이라고!"

나는 필사적으로 소리쳤지만 나를 쫓는 두 여자는 들어줄
생각이 없는 것 같았다.

그 후의 일은 설명하지 않겠다. 왠지 기억에 남아 있지 않
기 때문이다. 혈형마공에 의해 불사신과 같은 회복력이 없었
다면 죽었을지도 모른다.

백무용이 고향에 돌아온 후 가족과 친척, 어릴 적의 친우들
을 만나면서 추억을 떠올리기도 하며 나름 즐거운 나날을 보
내고 있을 때, 당문천은 실로 잔혹하면서도 추악한 집안싸움

을 하고 있었다.

가문이 크면 클수록 다음 대를 잇는 승계싸움은 치열한 법인데 사천당문은 개중에서도 한층 더 독하기로 유명했다. 유명하다고 해도 세상에 명확하게 알려진 싸움은 얼마 없지만 말이다.

당문천은 사천당문 역사상 최고의 기재로 본래라면 사천당문의 가주가 되는 것에 있어 혈족끼리의 큰 충돌은 없을 것이었다.

어긋나기 시작한 것은 친동생의 야망!

외부의 세력을 끌어들여 그들의 힘으로 당문천을 제거하려 하였다.

살문(殺門).

사람을 죽이는 것을 업으로 살아가는 살인자의 집단 중 최고이자 최강!

세상 사람들에게 배척받는 마교와 마도인들과 달리 대가를 받고 사람을 죽이는 악중악(惡中惡)임에도 세상에서 당당하게 활동하는 마도(魔道)! 마혼(魔魂)!

악마의 영혼을 가진 이들의 힘을 빌려 당문천을 죽이려 했던 것이다.

당문천은 가지고 있는 모든 능력을 발휘하여 살문의 온갖 살수를 막아내었지만 한계가 있다는 것을 깨달았다.

그런 때에 유일무이한 친우 백무용의 편지를 받게 되었고 천무학관의 입학을 결정하고 주저없이 사천당문을 떠났다.
당문천은 사천당문의 가주 따위 안중에도 없었다.

사천당문을 대신하여 자신만의 새로운 조직을 만들 생각
도 했었다.

하지만 그것과 별개로 자신뿐 아니라 친우인 백무용을 귀
찮게 만든 살문은 용서할 수 없다.

완전히 박살 내주마.

살문 삼강 중 용살자 무칠과 선인 살해자 와비우는 죽었다.

남은 이는 살문 최고의 사신! 한마 유지오뿐이다.

오래전 육체를 잃은 살문의 사신(死神)!

하오문의 정보력을 모두 동원한 결과 유지오는 지금 친동
생인 당문강의 뒤에 선 채 사천당문을 장악하고 있음을 알게
되었다.

"재미있게 돌아가는군."

당문천은 위의 사실로 다시는 돌아가지 않을 생각이었던
사천당문으로 돌아와 살문에 의해 사분오열되었던 세력을 장
악하고 가주의 자리를 두고 충돌!

제법 많은 수의 일족이 죽음을 맞이한 가운데 마지막 결전
을 앞두었다.

사천당문은 독과 암기를 무척 중요시하여 독과 암기를 연
구하고 시험할 장소를 따로 만들어두고 선택받은 혈족 이외

의 이들은 결코 알지 못하도록 만들었다.

지하 십층에 이르는 거대한 밀실.

십만대산에 존재하는 지하미궁 이상으로 복잡하고 광대한 건축물이 사천당문의 지하 깊숙한 장소에 만들어져 오랜 시간 동안 대를 이어가며 건축 및 개조되어 독과 암기 그 밖의 당문비전의 무공들이 연구되고 보관되어 있었다.

그중 한곳.

과거 사천당문 최고의 암기술, 만천화우를 완성했던 역사를 가지고 있는 반경 백 장의 공방에 가주의 자리를 두고 반목하던 두 진영이 집결했다.

신기(神技) 당문천의 세력과 당문강의 세력이었다.

당문강은 당문천의 화려한 명성에 눌려 세상에 전혀 알려지지 않았지만 사천당문 내에서는 당문천이 없었다면 가주가 되었을 인물로 손꼽히고 있었다.

실제 당문천이 사천당문을 떠났을 때 순식간에 당문강을 중심으로 파벌이 생겨날 정도였다.

당문천이 돌아온 후에 가문 내 세력 및 파벌은 사분오열되었지만 일족 일부를 포함해서 소외받은 방계의 대다수가 당문강의 편을 들어주고 있었다.

당문강은 집결된 자신의 세력을 대표하여 앞장서 나선 후 자신의 친형인 당문천을 도발적인 시선으로 바라보며 말했다.

"형님, 오랜만에 집에 돌아오신 후 참으로 놀라운 일을 하셨더군요. 과연 형님이랄까. 그런 형님을 쓰러뜨릴 생각을 하니 어느 때보다도 의욕이 솟는군요."

그에 당문천은 평온한 어투로 말했다.

"쓸데없는 말싸움은 그만 하고 본론으로 들어가자. 시간이 아까우니까."

당문천의 그 말에 당문강은 분한 듯 이를 악물었다.

"크윽! 형님은 여전히 저를 우습게 보고 계시는군요."

당문천은 고개를 내저었다.

"너를 우습게 여기는 건 아니다. 그저 안중에도 없을 뿐이지."

당문천의 그 말에 당문강의 감정은 일순 폭발해 버렸다.

"당문천! 나를 우습게 보는 건 오늘로 끝이다! 나는 너를! 내가 가지고 싶은 건 전부 가지고 있는 나의 형을 능가해 보이겠어!"

"나의 동생아, 너는 참으로 의미없는 짓을 하려는구나. 나 같은 걸 넘을 가치는 없을 텐데. 뭐, 넌 그 이하지만."

"으으! 쳐라!"

당문강의 명령과 동시에 집결되었던 세력은 일제히 당문천을 향해 달려들었다.

그런 위기의 순간에서도 당문천은 자신이 이끌고 온 수하들에게 명령을 내리지 않았고 명령을 받지 않은 수하들 또한 명령이 있기 전까지 결코 움직이려 하지 않았다.

당문강의 세력이 일제히 달려들어 당문천을 치는 순간!

"이… 게 어떻게 된 거… 지?"

당문강은 눈앞에서 일어난 현실을 믿을 수 없다는 듯 살짝 떨리는 목소리로 말했다.

당문강의 명령에 의해 당문천을 향해 달려들었던 이들은 전부 당문천이 데리고 온 이들과 합류한 채 당문천의 뒤쪽에 정렬해 있었던 것이다.

"내가 당문에 돌아온 시점에서 너의 패배는 이미 결정된 것이다."

"그럴 리가 없어! 나와 마찬가지로 소외받은 저들이 배신할 리가! 그래! 독이구나! 독을 사용해 협박한 거구나!"

사천당문은 세상에 존재하는 거의 모든 독을 다루는 집단이다.

한때 만독문이니 독왕문이니 오독교니 하는 사천당문과 마찬가지로 독을 다루는 집단이 나타나 악명을 떨치기도 하였지만 언제나 사천당문에 의해 세상에서 사라져 버렸다. 그들이 가진 독에 대한 지식은 모조리 당문이 흡수해 버렸다.

무림에서 금지한 십대극독과 사대마공 이상의 힘을 가진 독공은 전부 사천당문이 가지고 있어 필요하다면 언제든지 복원할 수 있었다. 다만 필요하지 않았기에 사용하지 않았을 뿐이다.

그중에서 상대방에게 충성심을 받아내기 위해 만들어진 독 또한 당문에 존재하였는데 당문강은 당문천이 그런 독 중 하나를 사용하여 자신의 세력을 배신하게 만들었다고 생각하고 있었다.

"폭력으로 상대방을 굴복시키는 건 악(惡)으로서 삼류에 지나지 않아. 너는 나를 삼류로 생각하는 거냐?"

다른 사람이 그런 말을 했다면 헛소리로밖에 들리지 않겠지만 당문천이 말하면 설득력이 느껴졌다.

설사 자신을 월등히 능가하는 재능을 가지고 태어나 자신이 가지고 싶어했던 모든 것을 가지고 있는 당문천을 증오하는 당문강이라 해도, 그 밑바탕엔 존경을 넘어 동경하고 있는 당문강이기에 당문천의 말을 믿지 않을 수 없었다.

"그… 럼 어떻게?"

"나는 대화를 하여 나의 편으로 만들었을 뿐이다."

"말도 안 돼!"

"안 되기는, 저들이 진정 원하는 것을 들어주기 위해서 대화보다 더욱 중요한 게 어디 있다고 생각하는 거지?"

"사람의 욕심이란 끝이 없는 반면, 존재하는 재물은 한정적이야. 방계이기에 소외받은 저들이 원하는 것을 얻기 위해선 모든 걸 가지고 있는 이들의 자리를 빼앗는 방식밖에 없다. 그걸 어떻게 대화로 풀 수 있다는 거지?"

"사람이 가지고 있는 욕심에 대해서는 긍정하지만 단순히 재물을 원한다는 것에는 회의적이군. 사람에겐 재물 같은 것보다 더욱 중요한 것이 있지. 나는 대화로서 그걸 상기시켰을 뿐이다."

"그런 게 어디에 있단 말이냐!"

"있다! 어리석은 동생아. 재물 따위보다 중요한 것은 신념! 혹은 그 사람이 가진 영혼이라고 하지."

"크윽! 그런 말도 안 되는 궤변을……."

"어리석은 동생아, 나의 말은 결코 궤변은 아니다. 신념은 재물 따위는 물론 목숨보다도 중요하다. 신앙심이란 신념을 가진 이들이, 혹은 자신이 태어난 나라를 사랑하는 애국자들이 자신의 믿음을 위해 애국심을 위해서 다른 이들의 목숨은 물론 자신의 목숨조차도 초개와 같이 버릴 수 있는 것처럼 심지어 사랑하는 가족조차 버릴 수 있다. 그것이 신념이며 영혼이다. 어리석은 동생아, 너의 신념은 무엇이지? 사천당문의 가주가 되고 싶은 것이냐? 아님 역시 형인 나를 능가하려는 것이냐? 그렇다면 동생아, 너의 신념은 정말로 하찮구나."

"으으……."

당문강은 당문천의 기세에 눌려 신음을 토해내며 뒷걸음질치다가 멈추어 서고는 이를 악물고 당문천을 노려보며 소리쳤다.

"그렇다면 묻겠어! 형님이 가지고 있는 신념은 무엇이지?!

얼마나 대단한 거냐고!"

"후후. 글쎄. 나의 신념이라. 설교를 하긴 했지만 사실 별거 아니다. 나는 말이다, 당문에 의한 무림제패를 이룰 생각이다."

실로 광오한 꿈을 말한 당문천은 싱긋 미소를 지으며 표면이 아닌 숨김없는 진심을 전음으로 당문강에게 전해주었다.

[거짓이지만, 나는 사실 이 세계의 멸망을 두 눈으로 똑똑히 보고 싶단다. 그것이 나의 신념. 세계의 멸망은 쉬운 길이 아니기에 일단은 무림을 멸망시킬 생각이지만 말이다.]

"뭐라고!"

당문강은 당문천이 전한 전음에 놀라 소리치며 그에 대해 말을 이으려 하였지만 그러지 못하였다.

파앗!

일순간 번뜩이는 불꽃과 함께 당문강의 전신이 불타오른 것이다.

인체발화현상(人體發火現狀)!

화르르르!

순식간에 일어난 일이었고 엄청난 화력이었기에 당문강은 비명도 지르지 못한 채 한 줌의 재가 되어 세상에서 사라졌다.

당문강을 처리하는 것으로 일족간의 싸움은 끝났다. 하지만 어디까지나 표면적인 문제가 해결되었을 뿐 진정한 원흉인 살문의 삼강 한마 유지오를 처리해야만 했다.

독존(毒尊) 당혁.

무림십대고수의 한 명으로 무림에 알려진 이! 당문천에게 있어서 친할아버지이기도 한 독존의 숨겨진 정체가 바로 살문의 삼강 유지오였던 것이다.

그는 자신의 거처이자 은거지인 지하 밀실 깊숙한 곳에 위치한 자신의 공방에서 당문천을 기다리고 있었다.

독존은 번잡한 세상이 싫어 독과 암기에 대한 연구에 몰두하기 위해서 지하의 공방에 처박힌 후 무려 이십 년 이상 밖을 나가지 않은 방구석 폐인이라고 하던데 실제론 유체를 통해 밖을 자유롭게 오가며 활동하는 초일류의 암살자이자 살인자들에게 살인 기술을 가르치는 스승이었던 것이다.

그런 독존의 모습을 표현한다면 극한까지 단련된 육체를 가진 실로 건강해 보이는 노인으로 곱게 늙었다고 할까. 당문천이 나이를 먹으면 저렇게 될 것 같다고 할까. 지금이라도 밖을 나서면 여러 여자를 울릴 수 있는 매력을 가지고 있었다.

"기다리고 있었다, 손자여."

준비해 둔 의자에 앉은 독존은 자신을 찾아온 손자를 향해 엄숙하면서도 인자함이 느껴지는 목소리로 말했다.

당문천은 고개를 끄덕여 인사하고는 말을 이었다.

“할아버님, 오랜만에 뵙습니다. 좀 더 예의를 갖추고 인사를 드리는 것이 손자로서 도리겠지만 할아버님께 용건이 있는 만큼 생략하도록 하겠습니다.”

“후후후. 좋다! 허락하마. 용건에 대해 얼마든지 말해봐라.”

“그럼 묻겠습니다. 할아버님은 살문의 삼강인 한마 유지오이십니까?”

“부정하지 않겠다. 그래. 나는 살문의 삼강인 한마 유지오다.”

독존의 대답에 당문천은 고개를 끄덕였다.

“솔직히 대답해 주셔서 감사드립니다.”

“후후후. 이 상황에까지 와서 너를 속일 이유 같은 건 없었을 뿐이다. 너는 이미 나의 정체에 대해 알고 있지 않느냐.”

“본론으로 들어가기 전에 확신이 필요했을 뿐입니다.”

“확신이 필요했다고?”

“예. 제 손으로 할아버님을 죽여야 하니까요.”

“허허허. 너는 조부인 나를 죽일 생각이냐?”

“예. 죽일 생각입니다.”

“허허허. 무엇을 위해서? 설마 친구를 위해서냐?”

당문천은 고개를 내저었다.

“아니요. 저를 위해서입니다.”

백무용. 유일무이한 친구를 위해 시작한 것도 있었다. 시작은 그랬을 것이지만 근본으로 들어가면 그 의미는 크게 달라진다.

"그러니까 저를 위해 죽어주십시오."

"하하하하! 자신을 위해서 친족살인을 마다하지 않으려 하다니. 너는 실로 악당이구나!"

"그건 피차 마찬가지입니다."

당문천의 그 말에 독존은 싱긋 미소를 지었다.

"재미있군. 미리 말해두는데 살문 삼강 중 선인 살해자가 최강으로 알려져 있는데 사실과 다르다. 영체일 때는 그 말이 사실일지 모르나 영체가 본래의 육체와 하나가 되었을 때의 나는 최강이자 최고이니……."

"그런 거 이미 알고 있습니다."

당문천은 말이 끝나기 무섭게 청룡으로 독존을 겨누었다. 그리하여 손자와 조부의 서로 목숨을 건 싸움이 시작되었다.

선공을 한 것은 놀랍게도 독존이었다.

보통은 자존심 때문에라도 상대의 첫수를 받아주기 마련인데 독존은 당문천이 움직이기 전에 먼저 공격한 것이다.

"흡!"

독존의 가벼운 기합성과 함께 내뻗은 손을 통해 머리카락보다 가늘다는 우모침 수백 발이 당문천을 향해 쏟아졌다.

사천당문에 전해 내려오는 최상급의 암기!

당문천은 지극히 냉정한 눈으로 독존의 움직임을 예측하

고 아슬아슬하게 피하면서 암기로 반격하였다.

당문천의 발밑을 시작으로 눈부신 섬광이 번득였다. 싸움이 시작되고 어느샌가 섬광탄을 발밑으로 떨어뜨린 동시에 터뜨린 것이다.

"큭!"

섬광에 순간적으로 눈이 먼 독존이 신음 소리를 토해내는 것과 동시에 결코 대단한 암기가 아닌 가늘고 날카로운 송곳 하나가 독존의 발목을 꿰뚫었다.

"어림없다!"

독존은 괴성을 토해내며 전신에서 암기의 산을 쏟아내었다.

만천화우!

사천당문 암기에 있어 궁극의 오의!

한번 시전되면 결코 피할 수 없는 암기술이 피할 장소가 없는 지하에서 펼쳐졌기에 그 위력은 몇 배 더 강렬할 것이다.

"그럼 피하지 않는다."

당문천은 당연한 것을 한다는 듯 담담하게 말하며 의복의 주머니 안에서 폭약을 꺼내어 터뜨렸다.

쫘쫘꽝!

폭발과 함께 붉은 불꽃이 당문천의 전신을 감싸 안았다.

만천화우의 암기 대부분은 폭약의 폭발에 휩쓸려 날아가 버렸고 몇 개만이 폭발을 뚫고 당문천의 몸에 박혔을 뿐이다.

그와 동시에 송곳 하나가 빛살과 같은 속도로 날아가 독존의 목줄기에 박혀들었다.

"커억!"

독존은 자신의 목에 박힌 송곳을 뽑아내려다가 그만두었다. 평범한 송곳이 아닌 듯 목에 박혀드는 순간 날이 튀어왔기에 뽑는 순간 출혈로 즉사해 버릴 것 같았다. 혈도를 눌러 출혈을 막는 방법이 있지만 얼음처럼 서늘한 느낌이 드는 것이 죽음이 엄습해 옴을 깨달았다.

독존이라 불리는 자신이 알지 못하는 맹독이었다.

사천당문 역사상 최고의 천재라더니, 당문천은 사천당문과 이치를 달리하는 자신만의 극독을 만들어내어 사용한 것이다.

만천화우에 사용된 암기 또한 단 한 방울만으로 황소 백 마리도 충분히 쓰러뜨릴 극독이 여럿 발라져 있었지만 당문천은 아무렇지 않은 듯 보였다.

허세인가? 아님 정말로 통하지 않은 것인가?

어느 쪽이든 승부가 난 것 같았다.

"자신의 승리를 위해 자신의 목숨을 버릴 셈이냐?"

독존은 최후로 만천화우를 깨뜨리기 위해 화약을 터뜨린 동시에 공격을 가한 당문천의 한 수에 어이가 없다는 듯 말했다.

불꽃이 사라지며 드러난 당문천은 고개를 내저으며 대답

했다.

"결과적으로 제 목숨을 구했습니다."

독존의 만천화우에 목숨을 잃지 않았지만 수십 개의 암기가 몸에 박혀 있는 것은 물론 자신이 터뜨린 화약의 폭발과 화염에 의해 잘생긴 얼굴은 끔찍한 상처와 함께 화상으로 녹아내려 끔찍하기 그지없었다.

당문천은 아무렇지 않다는 듯 빙긋 미소를 지으며 말을 이었다.

"제 얼굴에 대해선 걱정하지 마세요. 창조조라고 좋은 의원과 인연을 맺었기에 얼굴의 상처쯤은 치료할 수 있습니다. 흉터 하나 남지 않을 겁니다."

독존은 송곳에 박힌 목이 차갑게 마비되어 가는 것을 느끼면서도 당문천을 향해 음산한 웃음을 터뜨렸다.

"후후후. 네놈, 자신이 이겼다고 자만하고 있구나."

"글쎄요."

"네 녀석의 자만은 곧 절망으로 바뀔 것이다."

독존은 당문천을 향해 저주의 말을 남기며 자리에 털썩 주저앉더니 눈을 감고 숨을 멈추었다.

극독에 죽음을 맞이한 것이다.

죽는 것과 동시에 독존의 몸에서 뿌연 영체가 튀어나오더니 당문천을 향해 달려들었다.

살문 최고의 사신 한마 유지오로 불렸을 때 실체가 없는 영체로서 세상의 누구든 죽일 수 있는 최고의 살인술로 살수세계에 악명을 떨쳤다.

[아니, 죽이진 않는다. 당문 최고의 기재로 불리는 몸을 빼앗아 사용해 주마.]

독존 또한 몸을 빼앗은 것에 지나지 않는다.

사신(死神).

중원에서 멀리 떨어진 사막왕국에서 산노인이라 불리는 그 지역 최고의 공포의 대명사인 살인집단이 존재했다.

중원의 살수세계에 알려진 살문의 전설 대부분은 그곳에서 시작되며 온갖 살인기술이 만들어지고 연마되어졌다.

당시 산노인의 우두머리는 마법사를 만난 후 가르침을 받아 사람으로서 죽음의 한계를 뛰어넘고 다른 이에겐 죽음을 가하는 사신이 되었다.

사신은 살인자들의 살의가 모여 만들어진 집합체라 할 수 있었다.

살문에 소속된 살인자들의 정신과 기술 또한 흡수하여 형체를 이룬다.

문제는 아무리 강력한 영체라 해도 육체가 없으면 시간이 흐르면서 흩어져 버리기에 기억과 기량을 담을 수 있는 뛰어난 육체에 빙의해야만 하였다.

그것이 바로 독존이었으나 당문천에 의해 죽임을 당했으니 새로운 육체로 바꿀 때가 되었다고 생각하고 실행에 옮긴 것이다.

“과연. 저의 몸을 빼앗을 수 있을까요?”

[폭약이든 뭐든 영체인 나를 막을 수는 없을 것이다.]

사신은 자신만만하게 소리치며 당문천의 몸을 뚫고 들어갔다.

[하하하! 새로운 몸으로 오랜 세월 살아가 주마!]

사신은 당문천 마음속 깊은 곳 핵심에 도달하며 새로운 몸을 차지했다며 기뻐하는 것도 잠시 당문천 내부에 존재하는 무엇이 거대하게 솟구치며 사신을 집어삼키려 하였다.

[어어?! 뭐냐! 잠깐! 기다… 으아아아아!]

사신은 끔찍한 비명을 지르며 당문천 내부에 존재하는 어둠에 먹혀 사라졌다.

“끝났군.”

당문천은 사신과의 싸움이 끝났다고 판단하고는 걸음을 옮겨 죽은 독존를 향해 다가가 목에 박힌 송곳을 뽑아냈다.

“앞으로의 일을 생각하면 소생시킨 후 나를 후계자로 인정하도록 만드는 게 좋겠군.”

당문천은 독과 암기, 무공은 물론 사술에도 일가견이 있어서 좌도방문의 술법 중에도 상급에 해당되는 활강시를 만들 수 있었다. 그리하여 독존 당혁은 활강시가 되었고 당문천을 사천당문의 가주로 인정하도록 하였다.

　고향에 와서 이런저런 일들을 겪는 가운데 어느샌가 며칠의 시간이 흐르고 사천당문의 가주가 바뀌는 큰 사건이 일어났다.

　나는 전혀 모르는 사이에 일어난 일이었는데 새로운 가주의 이름은 당문천.

　무림의 일에서 반쯤 은퇴한 독존(毒尊) 당혁이 직접 인정하여 사천당문 역사상 최연소의 나이에 가주의 자리에 등극한 것이다.

　당문천이 가주가 되는 과정에서 당문의 일족 몇 명이 독살되는 등의 일들이 있었지만 역대의 가주를 건 싸움을 비교하면 가장 적은 인명 피해라 할 수 있었다.

　가주가 된 당문천이 가장 처음 한 일은 사천당문의 일족을 포함해서 가신들 중 뛰어난 고수들을 모아 마교와의 전쟁에 참가하게 하였다. 나중에 알게 된 사실인데 당문은 이번 전쟁에 참가하지 않으려 했었다고 한다.

　마교는 무림과 관계된 이들은 단 한 명도 용서없이 멸문시켰는데 그런 사실을 알고 있으면서도 무림맹과 함께하지 않으려 했던 것을 보면 당문 일족에게 내가 모르는 무언가가 있었던 것 같았다.

　혹시 당문의 혈족 중에 마교나 마도인과 내통했던 이들이 있었던 걸까?

　당문천이 가주가 되는 것을 시작으로 이번 일련의 일에 관련되지 않았던 나로서는 알 수 없는 일이었다.

　나는 무림과 관계된 거라면 이야기의 중심에 서는 운명이라 생각했는데 바로 옆에 있었음에도 사건의 중심에서 벗어날 때도 있는 모양이다. 하긴 나의 몸은 하나뿐이니 모든 사건에 관련될 수는 없는 법이겠지.

第七章
영영, 동생과 재회하다

십만대산!

마교의 본거지이자 마도인이라 불리는 이들이 중원무림인
에 쫓겨 살아가는 그곳에 작은 소녀가 등장했다.

"와하하하하! 여기가 마교가 있다는 십만대산이구나!"

영영은 즐거운 듯 웃으며 내키는 대로 소리치자 동행하던
창조조는 살짝 인상을 찡그리며 말했다.

"그렇게 웃으면 위험해요. 전력의 대부분이 전쟁을 하기
위해 떠났다고 하지만 그것과 별개로 입구를 지키는 수문장
이 있을 거예요."

십만대산의 입구를 지키는 수문장.

그 힘은 결코 가벼운 것은 아니다.

중원무림이 쳐들어올 경우 그들을 막아낼 이가 바로 십만 대산의 수문장으로 일설에 의하면 오대마종과 비견되거나 그 이상의 무위를 가지고 있다고도 한다.

소문이 과장되었다고 해도 마교와 마도인들이 싸울 준비를 갖출 때까지 중원무림의 세력 전체를 막아낼 힘을 가지고 있을 것은 분명했다.

영영은 십문대산의 수문장을 상대로 싸워 굴복시킬 자신이 있는지 너무나도 자신만만하게 말하고 있었다.

"하하하! 수문장인지 뭔지 있든 말든 별로 상관없잖아. 오히려 나타나면 편하겠네. 수문장보고 길을 좀 안내해 달라고 명령을 내릴 수 있으니까."

"과연 그렇게 쉽게 될까요."

"걱정 마. 나만 믿으라고. 나는 세상에 존재하는 대부분의 생물들에겐 최강의 존재인 용(龍)이니까."

"저로선 영영을 믿을 수밖에 없군요."

창조조는 어쩔 수 없다는 듯 말하며 한숨과 함께 고개를 내저었다.

산산의 손에 와비우가 죽음을 맞이하는 것과 동시에 창조조는 싸움을 포기하고 붙잡히고 말았다.

산산은 자신의 사부인 백무용의 안전을 위해서 창조조 또

한 죽여 버리려 하였으나 당문천의 중재로 간신히 죽음을 면
할 수 있었다.

여기서 당문천의 진가가 드러났는데, 대화로서 창조조를
본래의 진영을 배신하게 만들고 자신의 편으로 끌어들였다.

고문을 하여 육체적으로 정신적으로 고통을 주거나 힘으
로 억박질러서 강제적으로 굴복시키는 것은 악당으로서는 삼
류에 지나지 않는다. 흔히 자신을 배신하지 못하도록 독을 사
용하는 것 역시 삼류에 지나지 않는다.

상대방이 가진 정신적인 신념을 흔들어 자신의 편으로 만
들어야 진정한 일류로, 당문천이 바로 일류의 경지에 오른 악
인이라 할 수 있었다.

당문천은 자신의 편으로 만든 창조조에게 필요한 정보를
모두 얻은 후 동생을 찾아 십만대산에 가고 싶어하는 영영을
안내하도록 하였다.

영영은 처음에 생각했던 대로 백무용과 함께 십만대산에
가려고 했지만 산산의 견제와 당문천의 설득으로 포기하고
창조조와 함께 십만대산에 오게 된 것이었다.

십만대산 입구 안으로 들어선 후 일각의 시간이 흘렀을까?

[너희들은 누구인데 감히 성산 안으로 들어서려 하는가?]

허공 가득히 육합전음이 울려 퍼지며 영영과 창조조 앞에
괴인영이 모습을 드러내었다.

괴인영이 등장하는 것과 동시에 영영의 모습이 휘릭! 사라지더니 발뒤꿈치가 괴인영의 관자놀이를 가격했다.

괴인영의 무위는 초절정에 이르렀지만 영영의 난데없는 공격은 피하지도 막아내지도 호신강기로 튕겨내지도 못한 채 그대로 날아가 나무 몇 그루를 부러뜨린 후 지면에 처박혔다.

영영은 자신의 공격에 나가떨어진 괴인영에게 다가가 죽지는 않았으나 큰 충격을 받은 채 널브러진 모습을 내려다보며 광소를 터뜨렸다.

"하하하하하! 오랜만에 때려주고 싶은 얼굴이었어."

"죽었나요?"

"글쎄?"

영영은 고개를 갸웃거린 후 귀를 기울여 괴인영이 숨을 쉬는지 심장이 뛰고 있는지를 확인했다.

"일단 숨을 쉬고 있으니까 죽지는 않은 것 같네. 쳇."

영영은 왠지 기분이 상한 듯 가볍게 혀를 찬 후 정신을 잃은 괴인영의 몸을 발로 힘껏 찼다.

퍼억!

하는 소리와 함께 괴인영의 몸이 공중으로 일 장가량 떠올랐다 바닥으로 떨어졌다.

창조조는 화들짝 놀라며 소리쳤다.

"그만두세요!"

평소 말투와 행동으로 보건대 결코 평범한 성격은 아니었

으나 제멋대로 기분 내키는 대로 움직이는 영영과 비교할 정
도는 아니었다.

선단으로 인간실험을 하였지만 그것과는 별개로 사람을
치료하고 살리는 의원이었기에 눈앞에서 사람이 죽는 모습을
가만히 지켜볼 정도는 아니었다.

"설마 죽일 생각이에요?"

창조조의 만류에 영영은 이해되지 않는다는 얼굴로 말하
였다.

"응? 죽이면 안 되는 건가? 내가 강하지 않았다면 분명 이
놈에게 죽었을 거라고."

"그렇긴 하지만 결과적으로 죽지 않았잖아요. 그리고 제압
한 후 안내를 받을 생각이라면서요."

"아아! 그랬지. 하지만 그렇게 쉽게 죽지는 않을 거야."

"예?"

"제대로 숨을 쉬고 심장도 뛰고 있지만 그것과 별개로 평
범한 인간은 아니었네. 전에 비슷한 것을 본 적이 있는데 강
시라는 걸까나."

영영의 말대로 괴인영의 정체는 사람이 아닌 강시, 그중에
서도 최상급에 해당되는 활강시였다.

백아탈명(白牙奪命). 능비령.

과거 심연에 들어갔다가 정해랑에게 살해되었으나 천마강
시에 의해 강시로 부활하였다.

살아 있을 적에 오대마공 서열 삼위인 검마의 제자이자 검의 천재라 불리었고 죽었다 살아난 후로는 활강시이자 독강시가 되어 초절정고수조차 상대도 안 될 정도로 강해졌다.

성월교의 성녀에게 마음을 두어 충성을 맹세하였고 성녀를 지키기 위해서 십만대산을 수호하는 수문장이 되었다.

그 정도로 대단한 백아탈명이지만 용인(龍人)인 영영에겐 한 방의 발차기에 나가떨어지는 정도에 지나지 않았다.

영영과 창조조는 백아탈명이 정신을 차리기를 기다렸으나 영영의 발차기에 의해 머리에 가해진 충격이 워낙 커서인지 좀처럼 깨어날 생각을 하지 않았다.

지루함에 지친 영영은 갑자기 일어서더니 하늘을 바라보며 큰 목소리로 소리쳤다.

"귀찮아! 지겨워!"

"조금만 더 기다려 보지요."

"싫어!"

영영은 사나운 짐승마냥 송곳니를 드러낸 후 백아탈명의 몸을 번쩍 머리 위로 들어 올린 후 산 아래로 던져 버렸다.

그렇게 백아탈명이 사라지자 영영은 땀 한 방울조차 흐르지 않는 자신의 이마를 팔소매로 닦아낸 후 활짝 미소를 지으며 말했다.

"아! 게으른 녀석을 던지고 나니 무지 상쾌해졌다."

"상쾌해졌다니, 정말 다행이네요."

창조조는 모든 것을 포기해 버린 듯 영영의 말에 동조하며 고개를 끄덕여 주었다.

그 후 영영과 창조조는 산 위로 올라가 원하던 목적지인 마도인의 마을에 도착하게 되었다.

일만 마교의 전사들과 일천의 마도인들이 전쟁을 하러 나갔기 때문인지 조금 조용한 것이 음산한 기분이 들었지만 언제나 활기찬 소녀인 영영은 팔짝팔짝 뛰어 마을 안으로 들어섰다.

"아하하하하하! 내가 왔다! 그런데 나를 환영해 줄 사람은 없나?"

영영의 외침에 반응하듯 실력이 부족해서 전쟁에 참가하지 못한 채 집 지키기를 하게 된 마도인들이 하나둘씩 모습을 드러냈다.

"이건 또 무슨 미친 꼬맹이인가."

"미쳐도 단단히 미친 꼬맹이군."

"저거 누구 애새끼야? 너냐?"

"케케케! 마누라도 없는데 그딴 게 있겠냐?"

"빙신! 마누라가 없어도 아랫도리를 잘못 놀리면 애새끼는 잔뜩 생긴다고."

"어쨌든 난 아니야."

"오오! 꼬맹이는 모르겠지만 저 옆의 여자는 예쁜걸."

"아! 잠깐! 잠깐! 저 여자 연금술사 창주주 아니야?"

"으음. 그런가? 비슷하게 생기긴 했지만 안대를 하지 않았
잖아. 옷차림도 평소와 다르고."

"안대야 벗으면 되고 옷차림 역시 다른 옷으로 바꾸어 입
으면 그만이잖아. 왠지 느낌이 안 좋아. 물러나자."

백 명은 족히 넘을 마도인들은 자기들끼리 와글와글 이야
기를 나누다가 위험하다고 판단했는지 처음 나타났을 때처럼
몸을 숨기려 하였다.

영영은 그런 그들을 향해 광소를 터뜨렸다.

"아하하하하!"

이번의 광소에는 강대한 내력이 실려 있어 전원은 약간의
내상을 입은 채 피를 토해내었고 정신이 경직되어 움직이지
못하게 되었다.

"어딜 도망가려고 하는 거야! 특히 나를 꼬맹이라 부른 녀
석! 나와 똑같은 키로 만들어주지!"

"제발 그만 멈춰요!"

창조조가 나서 영영을 만류하려 하였지만 그녀가 가진 힘
으론 역부족이었다.

영영은 자신의 두 손에 흙더미를 덧씌워 망치처럼 만든 후
꼬맹이라 불렸던 마도인들의 머리를 차례대로 내리찍었다.

"크아악!"

"크억!"

"케에엑!"

“살려… 켁!”

영영의 주먹에 내리찍힌 마도인들의 머리가 몸 안으로 들어갔고 두 다리 역시 지면에 깊숙이 파고들었다. 당연한 말이지만 머리가 몸 안쪽으로 들어가면 즉사해 버린다.

영영의 손에 의해 순식간에 십여 명이 넘는 마도인들이 손 쓸 틈도 없어 끔직한 죽음을 맞이했다.

영영의 손에 죽음을 맞이한 마도인들은 십만대산으로 쫓겨오기 전까진 제법 많은 수의 생명들을 빼앗아갔으니 어떤 의미로 보면 나름 인과응보라 할 수 있었다.

“어라? 너무 쉽게 죽어버리잖아.”

영영이 자신의 손에 죽어버린 마도인을 확인하며 의아한 표정을 짓자 창조조는 고개를 내저으며 말했다.

“영영 아가씨는 너무 강해요. 당연히 죽을 수밖에 없죠.”

“아! 그랬던가? 죽지 않은 사람이 많아서 깜빡했네.”

“그런! 깜빡할 것이 따로 있지.”

창조조는 혹시나 싶어 죽은 이들을 살펴보았지만 머리가 몸 안으로 파고든 것 이전에 두개골이 함몰되어 죽음을 맞이했다. 설사 전설의 의원인 화타나 대라신선이 온다고 해도 다시 살려내는 건 불가능할 것이다.

그나마 영영은 손을 멈추었고 창조조는 남은 마도인들의 내상을 치료해 주었다.

치료가 끝난 마도인들은 영영의 손에 끌려 동생의 행방에 대해 질문을 받았다.

"내 동생 어디에 있어?"

"동생이라니. 누구를 말하는 거요?"

"누구긴 내 동생이잖아."

"그게……."

"빨리 말하지 못해!"

"으으……."

영영이 윽박을 지르며 살기를 내뿜자 마도인은 견디지 못한 채 고통스런 신음을 토해냈다.

마도인들을 치료하고 있던 창조조는 영영의 행패를 보다 못해 눈살을 찌푸리며 말했다.

"그렇게 말하면 누가 알아듣겠어요."

"그럼 네가 물어봐."

"예. 그게 나을 것 같네요."

창조조는 고개를 끄덕인 후 영영을 대신하여 마도인들에게 질문을 하였다.

"갈석천. 그러니까 천마지존은 지금 어디에 있나요?"

마도 최강의 고수라 불리었던 천마지존은 마황에 이어 혈마와 싸워 생애 두 번째 패배를 맞이하였다.

혈마와의 싸움으로 죽음에 이르는 중상을 입고 말았고 현재는 외손녀인 성녀가 천마지존의 신변을 보호하고 있다고 한다.

혈마는 천마지존을 이긴 것에 만족한 듯 성녀와 충돌하지 않은 채 물러났다. 그 대신이랄까, 성녀를 따르는 흑암사신 정해랑이 중원무림과의 전쟁에 참여하도록 하였다.

영영에게 있어서 사정 따위 아무래도 상관없는 일이었다.

자신의 친동생이 중상을 입었다는 사실을 듣기 무섭게 천마지존이 있다는 성월교의 신전을 향해 몸을 날렸다.

"동생아! 기다려라! 이 누나가 간다!"

성녀가 거주하고 있는 성월교의 신전은 십만대산 지하의 미궁 깊숙한 곳에 위치하고 있었다. 길을 잘 아는 이의 안내가 없는 이상 성월교의 신전이 있는 곳까지 쉽게 찾아갈 수 없는데 영영은 무식한 방법으로 이를 해결했다.

대략 성월교의 신전이 어디에 있는지 확인한 후 일직선으로 뚫고 지나가는 것이다.

막대한 양의 흙을 비롯해 단단한 바위, 강철로 만들어진 벽, 기관으로 이루어진 함정 등으로 가로막혀 있었지만 용인으로서 무지막지한 괴력과 오행을 지배하는 능력 앞에선 아무런 장애도 되지 않았다.

꽈꽈꽝!

"아하하하하!"

폭음과 함께 지면에서 흙더미가 공중으로 치솟으며 영영의 활기찬 광소가 사방팔방 울려 퍼졌다.

"멈춰라!"

영영이 저지른 행위를 더 이상 참아내지 못한 듯 은신해 있던 누군가가 모습을 드러내며 소리쳤다.

나른하고 피곤해 보이는 인상의 청년, 투귀(鬪鬼) 종리허진이었다.

투귀는 현재 성녀를 지키는 수신호위가 되어 성월교의 신전 입구를 지키고 있었는데 입구가 아닌 지면을 통해 강제로 뚫고 들어오는 영영의 존재에 조금은 당황하고 있었다.

"아하하하하!"

영영은 투귀의 외침 따위 전혀 신경 쓰지 않은 채 연신 광소하며 주먹으로 지면을 내려쳤다.

꽈꽈꽝!

폭음과 함께 지면에서 흙더미가 아닌 바위 조각이 공중으로 치솟았다. 흙더미를 전부 퍼낸 후 지하 미궁의 안쪽에 도달하여 그곳을 박살 내버린 것이다.

"젠장! 뭐 저런 게 있지?"

투귀는 욕설을 내뱉으며 영영을 향해 달려들었다.

패왕삼변진결(覇王三變陳結)! 일폭(一爆)!

나른하고 피곤해 보이던 투귀의 얼굴에 일순 생기가 감돌며 전신의 근육이 부풀어 오르기 시작했다. 실제 투귀의 근력은 폭발적으로 상승되었다.

투귀는 힘껏 움켜쥔 주먹으로 미궁의 벽을 부서 버리는 것에 열중하던 영영의 등을 내려쳤다.

쫘앙!

영영은 투귀의 주먹에 맞고 그대로 엎어져 자신이 파내고 있던 돌벽에 한 자가량 처박혀 버렸다.

투귀는 이번 일격으로 영영을 끝장냈다고 생각했지만 그것은 실로 엄청난 착각이었다.

"크하하하하하! 재미있군."

영영은 자신의 등 뒤에 가해진 기습에도 즐거워하면서 돌벽에서 몸을 빼내어 투귀를 바라보려 하였다.

"큭!"

투귀는 뭐라 설명하기 어려운 불길함을 느끼며 패왕삼변진결로 강화된 주먹으로 자신을 바라보려는 영영의 안면을 힘껏 두들겼다.

쫘앙! 쫘앙! 쫘꽝! 쫘쫘앙!

폭음과 함께 영영의 뒤통수는 다시 한 번 돌벽에 처박혔다.

부족하다고 생각한 투귀가 계속해서 권격을 가하자 영영의 머리는 벽면을 완전히 꿰뚫고 들어가 미궁 안으로 떨어지고 말았다.

"이런! 큰일이군."

투귀는 영영이 미궁 안으로 들어가자 낭패했다는 표정을 지으며 자신 또한 영영이 떨어진 미궁 안으로 들어가려고 하였다.

그 순간!

무지막지한 충격이 투귀의 가슴에 가해졌다.

"크어억!"

투귀는 가슴에 가해진 격통에 신음을 토해내며 공중으로 튕겨 올라갔다.

그런 투귀를 쫓아 몸을 날리는 이가 있었다.

영영은 능력을 사용하여 자신의 오른손에 거대한 바위 더미를 두른 후 투귀의 몸통을 힘껏 후려쳤다.

"크어억!"

꽈꽈꽝!

폭발과 함께 투귀의 몸을 후려친 바위는 산산조각나며 지면에 돌비를 뿌렸다.

투귀는 산산조각난 돌비와 함께 지면 아래로 추락한 후 지면과 부딪칠 때 생겨난 충격으로 위로 튕겨 올랐다가 다시 한번 지면으로 떨어지면서 피를 토했다.

"쿨럭!"

"아하하하하!"

영영은 투귀가 고통스러워하는 모습을 확인하고 정말 즐거운 듯 웃으면서 발로 차올리려 하였다.

절체절명의 순간!

영영의 발차기를 막아낸 이가 있었다.

꽈앙!

영영의 발차기를 막아내었으나 충격을 완전히 해소하지 못한 듯 요란한 폭음과 함께 지면을 끌며 주르르 오 장가량이라 밀려났다.

"마도의 세계에서도 좀처럼 보기 드문 과격한 여자애로구나!"

영영을 향해 말하는 이는 십대 후반의 소녀로 머리카락과 한 쌍의 눈동자는 피처럼 붉은색을 하고 있었다.

종리혜.

잘못된 마공 수련으로 이중인격이 되어 살육귀로서 무수한 살인을 저질렀으나 백무용에게 제압되었고 혈마의 사형인 혈영이 빙의되는 것으로 살육귀의 피비린내 나는 인격은 봉인되어 있었다.

종리혜의 본래 인격은 자신이 저지른 무수한 살육의 죄책감 때문인지 깊이 잠들어 있는 상황. 그런 이유로 혈영에 의해 머리카락과 눈동자가 피처럼 붉게 변화한 것인데, 그런 사정을 알 리 없었던 영영은 고개를 갸웃거렸다.

"어라? 가면 오빠랑 똑같은 색이잖아. 뭐, 상관없나."

동생을 만나러 가는 것을 방해하는 녀석은 그게 누구든 박살 내고 날려 버린다.

결론을 내린 것과 동시에 혈영을 향해 몸을 날렸다.

그 속도는 번개와도 비견되었으나 혈영의 움직임은 혈형마공을 몇 단계나 발전시킨 혈혼불사기로 인해 극한에 이르렀다.

파파파파— 파팡!!

혈영은 시간이 멈춘 듯한 감각 속에서 영영의 몸에 수십 번의 타격을 가하였지만 단 한 방조차도 치명타에 이르지 않았다.

눈에 보이지 않는 얇은 막에 가로막혀 버린 것이다.

"설마?!"

불가시의 절대방벽! 금강용린(金剛龍鱗)!

천마지존이 가지고 있는 무공이 아닌 선천적인 이능력!

혈영이 의문을 떠올리는 가운데 영영의 활기찬 웃음소리가 울려 퍼졌다.

"아하하하하! 이번엔 내 차례다!"

영영은 자신의 뇌 영역을 조작하여 자신의 감각을 가속화시켰다.

몇 번이고 눈앞의 혈영은 물론 과거 백무용이 사용하는 것을 보았던 기술이었기에 인간을 초월한 용인인 자신 또한 충분히 사용할 수 있었다.

찌이잉!

영영은 귓속이 울리는 것을 느끼며 눈앞에 보이는 시간이 멈추어진 것을 확인했다. 아니, 혈영 한 명만은 조금 느릿한 동작으로 움직이고 있었다.

서로 시공간이 초월한 상태로 격돌!

쉬에에에에!! 꽈꽈꽝!!

공기를 찢는 무지막지한 충격파가 울려 퍼지며 둘은 동시에 뒤로 나가떨어졌다.

영영의 몸에는 아무런 상처도 없었다.

그에 반해 혈영은 전신이 피범벅이 된 채 팔다리가 비틀려져 있었다.

강철과 나무가 충돌한 것과 비슷한 형상이었다.

그것도 잠시!

으드득!

뼈와 관절이 뒤틀리는 기분 나쁜 소리와 함께 혈영의 비틀린 팔다리는 원래의 상태로 돌아갔고 상처를 통해 흘러나온 피 또한 상처 안쪽으로 되돌아갔고 상처 또한 사라졌다.

혈혼불사기가 가진 극한의 재생 능력이었다.

혈영이 순식간에 회복하는 모습에 영영은 더욱더 의기충천하며 웃음을 터뜨렸다.

"아하하하! 재미있네. 전력을 다해 박살 낸 보람이 느껴질 것 같은 몸인걸."

혈영은 완전히 회복된 자신의 몸 상태를 확인한 후 영영을 향해 고개를 내저었다.

"그건 절대 사양하도록 하지. 그보다 너는 누구지? 다시 싸우기 전에 통성명을 하는 게 좋을 것 같은데."

혈영의 제의에 영영은 고개를 끄덕였다.

"나는 영영이라고 해. 동생을 찾으러 왔어."

"영영? 처음 듣는 이름인데. 하긴 세상에 내가 아는 사람이 그렇게 많이 있을 리가 없지."

혈영은 수십 년 전 심연에 들어갔다가 함께 동행했던 혈마에게 당하여 죽지도 살지도 못한 상태로 오랜 세월을 심연의 어둠 속에서 보내야만 했다. 육신은 썩어버리고 영혼만이 남겨졌으나 혈형마공을 몇 단계 발전시킨 혈혼불사기를 완성하여 육신이 없는 영체로서 불사(不死)의 존재가 되었다. 오랜 세월 동안 세상과 단절된 생활을 해온 혈영이었기에 세상일에 대해 잘 알지 못하였다.

"나는 혈영이라고 한다. 과거 혈문의 문주였었는데 알고 있는가?"

혈영은 자신에 대해 소개하며 살짝 기대를 가진 얼굴로 영영을 바라보았다.

영영은 혈영의 마음 따위 아랑곳하지 않은 채 가차없이 고개를 내저었다.

"전혀 몰라."

"그렇겠지."

혈영은 실망했다는 표정을 지으며 고개를 끄덕였다.

그 모습은 실로 애처로웠지만 남자라면 모를까. 어린 여자인 영영에게 있어선 손톱의 때만큼도 통하지 않았다.

"하하하! 그럼 다시 신나게 싸워볼까."

　영영은 그렇게 싸우고 부셨음에도 질리지도 않는다는 듯 오히려 싸우면 싸울수록 즐겁다는 듯 소리치며 혈영을 향해 돌진해 들어갔다.

　혈영은 방금 전의 격돌로 영영이 결코 만만한 상대가 아님을 깨달았다.

　혈혼불사기가 있는 이상 결코 죽지는 않겠지만 이기는 것은 어렵다. 또한 죽는 것과 별개로 빙의하고 있던 본체의 주인인 종리혜의 몸이 과연 얼마나 버틸 수 있을지 알 수 없었다. 그런 이유로 정면대결이 아닌 그 나름의 계략이 필요하다고 판단하였다.

　"전력을 다해 도망친다."

　혈영은 그렇게 말하며 등을 돌린 채 영영에게서 도망쳐 버렸다.

　"아! 기다려!"

　영영은 혈영이 자신과 싸우는 것을 포기하고 도망치는 모습에 깜짝 놀라 소리쳤지만 혈영은 결코 멈추지 않았고 이내 모습을 감추었다.

　"이럴 수가!"

　영영으로서는 실망이 매우 컸다.

　가면 오빠인 백무용과 산산에 이어 자신이 전력을 다해 싸울 만한 상대를 만났다고 생각했는데 도망쳐 버리다니. 그러고 보니 투귀 종리허진의 모습도 보이지 않았다.

“쳇! 동생을 찾으러 가자.”

영영은 기분이 상했다는 듯 혀를 찬 후 동생을 찾는다는 처음의 목적을 떠올리고는 성월교의 신전이 있는 곳으로 가기 위해서 땅파기 작업을 재개하였다.

그 후로 어느 정도의 시간이 흘렀을까.

영영은 자신을 가로막는 모든 것, 땅이든 바위든 철벽이든 온갖 기관장치 등을 힘으로 강제로 뚫고 지나가 성월교의 신전 앞에 도달하였다.

그곳에는 영영과 맞붙어 낭패를 보았던 백아탈명, 투귀, 혈영 세 명을 포함해서 심연에서 해방된 흑노들과 혈마의 첫 번째 제자까지, 성월교와 성녀를 믿고 따르는 마도의 고수들이 진을 친 채 영영을 기다리고 있었다.

영영은 살기등등한 분위기로 자신을 반겨주는 이들을 확인하고 활짝 미소를 지으며 손을 흔들어주었다.

“하하하! 어디로 도망쳤나 했더니 여기에 있었구나. 그 외에 많은 사람들이 나를 반겨주다니 정말 기쁘네.”

이에 혈영이 대표로 나서며 소리쳤다.

“영영이라고 했던가? 네가 어떤 이유로 성월교의 신전에 왔는지 모르겠지만 모두가 모인 이상 그리 쉽지는 않을 것이다.”

“동생을 찾으러 왔다고 말했잖아.”

그리고 보니 영영이 동생을 찾으러 왔다고 말한 것이 떠올랐다.

"동생이 누군데?"

"나의 동생이지 누구겠어?"

"그러니까 이름이 뭐냐?"

"아아! 그렇군. 깜짝했네. 내 동생의 이름은 갈석천이라고 해. 크게 다쳐서 성월교의 신전에서 치료를 받고 있다고 들었는데."

갈석천이라는 말에 이곳에 모인 모두의 얼굴이 이상하게 변해 버렸다.

갈석천이란 이름을 가진 사람은 오직 한 명.

마도 최강의 고수라 불리었던 천마지존이었던 것이다.

"설마 네 동생이 천마지존이라는 것이냐?"

"천마지존인지 모르겠지만 갈석천은 나의 동생이야. 나는 반드시 내 동생을 만나야겠어."

영영으로서는 오랜 세월 헤어졌던 친동생을 만난다는 것은 당연한 일이겠지만 혈영을 포함한 모두는 영영이 자신들을 기만하고 있다고밖에 볼 수 없었다.

"헛소리 마라!"

"무슨 수작이냐!?"

"혈마가 데리고 온 마인 중 한 명인가?"

"천마지존을 핑계로 성녀님을 노린 살문의 살수가 분명해!"

혈영의 외침을 시작으로 이 자리에 모인 모두는 크게 분노하며 영영을 향해 소리쳤고 거친 욕설도 간간이 터져 나왔다.

욕설 중엔 꼬맹이란 말도 있었다.

"우씨! 나를 꼬맹이라 부르다니! 용서 못해!"

활기차게 웃고 있던 영영도 폭발하며 대포에서 포탄이 발사되듯 모두를 향해 튕겨 나아갔다.

영영의 상상을 초월한 무력에 자칫 대참상을 부를 뻔하였으나 혈영을 중심으로 투귀, 백아탈명, 흑노들이 철저하게 방어하고 나머지 마도의 고수들이 틈을 노려 공격하여 시간을 끌며 버티기 승부로 들어갔다.

"칫. 생각보다 귀찮네."

제아무리 괴물 같은 영영이라고 해도 초고수들을 중심으로 뭉친 다수를 날려 버리는 것은 어려운 듯 보였다.

"자! 힘을 합쳐! 몰아치면 이길 수 있다."

혈영의 외침과 함께 진형이 움직이며 과연 누가 이길지 알수 없는 악전고투를 벌이고 있었는데 성녀와 창조조의 등장으로 겨우 싸움을 멈출 수 있었다.

"외할아버님이 부르세요."

성녀가 손을 치켜 올리며 소리쳤다.

"오! 동생이 나를 찾는구나."

영영의 신이 난 목소리에 성녀는 조금 난처하면서도 거북한 표정을 지으며 말을 이었다.

“정말로 저희 외할아버님의 누님이신가요?”

“응. 맞아.”

영영의 자신만만한 대답에 뭐라 설명하기 어려운 침묵이 장내에 감돌았다.

정말 천마지존의 누나였단 말이냐!

영영은 성녀의 안내를 받아 간 곳에 창백한 안색의 덩치 큰 중년인이 침상에 누워 있는 것을 확인하고는 가까이 다가갔다.

“여! 동생, 오랜만이구나.”

영영의 말에 천마지존은 고통스러운 듯 신음을 토해내며 감고 있었던 눈을 떴다.

“으으. 설마, 누님?”

천마지존은 영영의 얼굴을 확인하는 순간 언제 고통스러워 신음을 토해냈냐는 듯 벌떡 상반신을 일으켰다.

영영은 히죽 웃으며 침상에 앉아 있음에도 자신보다 키가 큰 천마지존의 머리를 쓰다듬으며 말했다.

“그래. 네 누나가 왔다. 누님은 무슨 낯간지러운 호칭이냐. 그냥 누나라 불러.”

천마지존은 영영의 행동과 말, 그리고 그것을 바라보며 아연해하는 이들의 시선에 크게 당황하며 소리쳤다.

“아, 아니, 그건 좀. 나이도 있고 하니…….”

"하하하! 확실히 늙긴 늙었구나. 키도 덩치도 놀랄 정도로 커졌어."

"누님은 전과 크게 변한 것이 없군요."

"얼음굴에 봉인당했으니까. 성장하지 않아도 누나는 누나야. 자꾸 누님이라고 할래?"

영영은 볼을 크게 부풀리며 주먹으로 천마지존의 머리를 탁탁! 두들겼다. 그런 장면에 지켜보던 모두의 숨이 일순 멈춘 듯이 보인 것은 결코 착각이 아닐 것이다. 천마지존은 영영의 고집에 어쩔 수 없이 누님이 아닌 누나라 부르기로 했다.

"그래서 누구에게 맞은 거냐?"

"왜요? 누나가 때려주시려고요?"

천마지존의 물음에 영영은 고개를 끄덕였다.

"내 동생을 때린 녀석을 백배 천배로 돌려 두들겨 패는 건 누나로서 당연한 권리야."

"하하……."

"웃지 말고 말해. 누가 그랬어?"

"누나, 저의 일은 말처럼 그리 간단한 문제가 아닙니다. 마도와 무림의 운명이 걸려 있을지도 모를 훨씬 복잡한 일입니다."

"그딴 거 몰라. 나는 내가 하고 싶은 대로 할 뿐이야. 내 성격 알잖아."

"예. 물론 잘 알고 있습니다."

자신의 누나 영영은 어릴 적부터 이랬다. 약한 여자의 몸이었을 때에도 동생을 지켜줄 정도로 강했고 용인이 아니었을 때에도 정신적으로 강인하여 결코 좌절하는 일은 없었다. 그만큼 고집도 세서 한번 하겠다는 일은 웬만해서는 물러나지 않았다.

천년마교의 초대교주 절대천마가 만든 지옥에 봉인되었던 악마의 힘을 가지고 자신 앞에 나타난 혈마.

자신에게 생애 첫 패배를 안겨준 마존(魔尊) 백무용과 달리 혈마에게 패배한 일은 실로 끔찍한 것이었다.

자신뿐 아니라 이번 패배로 인해 마도의 안식처인 십만대산, 나아가 무림의 존망을 건 운명이 뒤흔들렸다. 자칫 무림이 멸망할지도 모르는 대사건이었다.

하지만 지금의 자신은 막을 수 없다.

혈마에게 패배한 이후 정체불명의 마기(魔氣)가 전신으로 퍼져 나가 더 이상 마공이든 일초반식의 무공조차 사용할 수 없게 되었던 것이다.

용인으로서 가지고 있는 생명력으로 죽음을 면하고 있을 뿐이다.

최후의 희망으로 마존 백무용이 나타나기를 기다렸는데 예상을 뒤엎고 오래전에 죽었을 거라 생각했던 자신의 친누나인 영영이 눈앞에 나타났다.

영영은 자신과 비교해 경험은 일천했지만 가지고 있는 능력은 그 이상의 것이었다. 그리고 미완성이었다.

"이건 어쩌면 운명일지도 모르겠습니다."

"운명 같은 건 상관없으니까 빨리 말해. 이 누나가 혼쭐을 내주지."

"누님, 그전에 손을 잡아도 되겠습니까?"

"누나라고 부르라 했지!"

영영은 화를 내면서 천마지존의 손을 붙잡아주었다.

남매가 손을 맞잡는 순간 천마지존의 손을 통해서 뜨거운 무언가가 영영의 몸 안으로 들어갔다.

영영은 자신의 몸 안으로 들어온 뜨거운 덩어리에 깜짝 놀라며 소리쳤다.

"어?! 지금 뭐 하는 거냐!"

영영의 물음에 천마지존은 아무 말도 하지 말라는 듯 고개를 내저었다.

뜨거운 덩어리는 영영의 몸 안으로 완전히 스며들었다.

뜨거운 덩어리의 정체는 용(龍)의 내단.

정확히는 용의 내단의 조각이었지만 천마지존의 몸 안에 들어가 오랜 세월을 키워져 용이 가지고 있었던 본래의 내단과 비교해 조금 부족할 정도였다.

영영의 몸 안에도 용의 내단 조각이 있었고 빙굴에 봉인되는 동안 자연스럽게 대기의 기운을 빨아들여 키워졌다. 두 남매가 가지고 있는 용의 내단은 본래의 것과 비교하면 절반 정도로 두 개가 하나로 합쳐지면서 융합되어 완전한 하나가 되었다.

용의 내단을 영영에게 준 천마지존의 얼굴은 더욱 늙어 노인의 것으로 바뀌었고 태산 같았던 덩치도 쪼그라들며 작아졌다.

"누님, 제가 지키고 싶었던 것을 지켜주십시오. 부탁드리겠습니다."

천마지존은 그 말을 마지막으로 힘을 다한 듯 두 눈을 감아버렸다.

영영은 그런 천마지존의 모습에 크게 화를 내며 소리쳤다.

"이익! 내가 누나라고 부르랬지! 그것보다 당장 일어나지 못해!"

천마지존이 무려 수십 년 만에 재회한 누나에게 모든 힘을 물려준 후 죽음을 맞이했다면 실로 슬픈 일화가 되었겠지만 영영은 그런 상황을 잠자코 지켜보지 않았다.

"동생 주제에 누구 마음대로 죽어! 이 누나가 있는 이상 죽어도 죽지 못한다!"

영영은 발악하듯 소리치면서 천마지존에게서 받음으로써 완전해진 용의 내단을 통째로 천마지존에게 돌려주었다. 그 덕분에 천마지존은 몸 안에 남아 있던 마기를 해독하고 목숨을 구할 수 있었다.

영영은 천마지존에게 용의 내단을 받았다가 다시 되돌려 준 후 그대로 탈진하여 쓰러졌는데 하룻밤 사이에 회복하여 깨어난 후 소리쳤다.

"아아! 왠지 힘이 솟구친다~!"

영영은 무지막지한 힘과 무한에 가까운 내공을 보충해 주었던 용의 내단을 동생인 천마지존에게 준 후 오히려 새로운 힘을 얻게 되었다.

하늘과 땅!

대기와 대지!

용의 내단을 핵으로 삼아 사용했던 불완전했던 무한의 힘이 아닌 진정한 의미로 대기와 대지를 통해 무한내공을 사용할 수 있게 된 것이다.

第八章
검왕의 죽음

나는 절대천마가 전해준 암화구천마경이 가진 힘에 의해 환몽과 환상의 세계에 진입할 수 있다.

처음에는 절대천마가 있어 실제가 아니긴 하지만 죽음을 겪는 비무로 무공을 수련하였다.

천마지존과의 싸움으로 절대천마가 사라진 후에는 잔존사념에 의해 탄생한 구천마가 절대천마의 빈자리를 대신하였다.

그리고 지금은 내가 물리쳐야 할 마중마.

서양의 마법사가 있었다.

그는 홍모귀라는 것을 제외하면 절대천마와 비슷한 분위

기의 아저씨로 무림을 멸망시킬 위험한 인물로는 보이지 않았다.

실제로 마법사는 과학에 빠져들면서 무림을 멸망시킬 마음은 사라졌다고 한다.

무림을 멸망시키려 하는 것은 마법사가 아닌 그 제자들인 육망성이었다.

현재 마교를 움직여 전쟁을 벌이려 하는 진정한 흑막.

그들은 자신들의 스승인 마법사의 부활과 동시에 무림의 멸망을 계획하고 지금 실행에 옮기고 있었다.

나는 육망성을 막아야 한다는 생각과 동시에 그들의 스승인 마법사라면 제자들의 폭주를 막을 수 있지 않을까, 생각하고 있었다.

"그들을 막을 생각은 없는 겁니까?"

나의 물음에 마법사는 의아한 표정을 지으며 말했다.

"내가 왜 막아야 하는 거지?"

나는 어이가 없는 얼굴로 그에 대해 말했다.

"스승이니까요. 제자들을 올바른 길로……."

"스승인 내가 제자들의 발전을 방해할 수는 없는 거야."

"무림을 멸망시키려는 것이 무슨 발전인 겁니까?"

"새로운 것을 창조하기 위해선 파괴가 필요한 법이지."

"그런 궤변이……."

"자넨 자네가 가진 힘으로 다른 무언가를 파괴하지 않았던가? 예를 들어 너를 못마땅하게 생각하며 괴롭히는 녀석이 있다고 했을 때 큰 힘이 생겨 그 힘으로 복수할 생각은 없는 건가?"

"그건……."

"자네는 자신에게 주워진 큰 힘으로 자신의 생각과 편의를 위해 제법 잘 사용한 것 같다만, 그것 또한 파괴의 일종이지. 기존의 것을 파괴한 후 창조한 것이랄까."

"……."

"나 또한 내가 가진 힘으로 많은 것을 파괴하고 원하는 것을 이루었지. 이런 내가 제자들이 하려는 일을 방해할 수는 없는 법이야."

"그렇다고 해도 전쟁으로 인해 수많은 사람들이 죽게 되는 걸 보고만 있을 겁니까?"

"사람의 죽음이란 사실 별거 아니야. 사람들은 자신의 죽음을 두려워하기에 같은 동족의 죽음을 나쁘게 표현하거나 반대로 신성시하지만 그래 봤자 단순히 삶이 끝나는 것뿐이야. 사람인 이상 언젠가는 죽을 뿐이네. 설사 몇 명이 죽든 상관없네."

"당신 이상해!"

"그렇겠지. 내가 마법사가 되지 않았다면 달라졌을지도 모르지만, 세상엔 나 같은 사람도 있다는 것을 기억하게나. 일종의 개성이라고 해두지."

"역시 이해 못하겠어."

그것으로 마법사와의 대화는 의미없이 끝을 맺었다.

마교와의 전쟁에 참가하게 된 나는 무림맹의 일반 무사가 되었다.

내가 가진 가공할 무위를 볼 때 터무니없는 직책이었지만 세상에 알려진 명성이 별 볼일 없으니 어쩌겠는가.

그렇다고 마도의 새로운 최강자 마황, 혹은 가면마라고 정체를 밝힐 수는 없었다.

명성을 높이는 방법은 크게 두 가지인데, 무림에서 강하다고 알려져 있는 이를테면 무림십대고수에게 비무를 신청하고 승리를 거두면 그에 준하는 명성을 얻을 수 있다.

하지만 무림십대고수가 애들도 아니고 무명인의 도전을 받아들일 리 만무하다.

아래부터 차례차례 쌓아나가야 하는데 지금은 전쟁시라 그럴 경황은 없었다.

명성을 높이는 두 번째 방법은 바로 전쟁에서 큰 공을 세우는 것이다. 즉, 지금으로선 명성을 쌓을 수 없다.

무작정 힘을 드러내 보라고?

대체 누구에게?

힘을 과시하겠다며 앞뒤 생각 없이 막 나가는 행동을 하면 악명만 생길 뿐이다. 자칫 막 나가는 대명사인 가면마라는 사실을 들킬 위험도 있었다.

그런 이유로 일반 무사가 되었다.

사실 일반 무사조차 되지 못한 채 임시로 고용된 낭인 취급을 받을 가능성이 높았지만 당문천의 입김에 간신히 일반 무사가 된 것이다. 뭐, 행운은 거기까지였다.

"당문천 덕분에 직책은 일반 무사가 되었지만 결국 낭인과 함께하는구나."

무림맹의 일반 무사들은 기본적으로 군인과 같은 것이라 신참일 때는 숙식을 함께하며 무공을 수련해야 한다. 무공뿐 아니라 진형을 통한 합격술을 갈고닦는데 전쟁 중에 일반 무사가 된 것이라 기본 수련을 할 수 없었다. 그런 이유로 다른 일반 무사들과 함께 싸울 수는 없어 임시 고용된 낭인들과 함께 싸워야 하는 것이다.

"형님, 건방진 녀석들이 잔뜩 있습니다. 접수해 버리지요."

나를 따라 일반 무사가 아닌 낭인으로서 전쟁에 참전한 부하 삼인방 중 성격이 가장 급한 성난 흑곰 문구주가 낭인들을 향해 눈을 부라리며 말했다.

나는 눈살을 찌푸리며 손바닥으로 문구주의 커다란 등을 후려쳤다.

"말썽 피우려 하지 마! 그리고 나를 형님이라 부르지 마!"

"아니! 왜요?"

"왜긴, 설마 몰라서 묻는 거냐?"

그 말에 부하 삼인방 중 진구지가 나서 혀를 차며 말했다.

"쯧쯧. 덩치만 클 뿐 무척 무식한 녀석이니 용서해 주시길. 위대하고 위대하신 주군이라 불러야 하는 거다."

너무 거창해!

"부탁이니까 그 호칭도 그만둬."

그러자 부하 삼인방 중 마지막으로 신동진이 나서서 말했다.

"그럼 뭐라고 불러야 할까요?"

"대장님이라 불러라."

"평범하군요."

"평범한 게 좋다."

"알겠습니다."

신동진이 고개를 끄덕이며 나를 대장님이라 부르자 남은 둘도 동의하며 대장님이라 불렀다.

그런 우리들을 마땅치 않은 눈으로 바라보는 이들이 있었다.

이번 전쟁에 임시 고용된 낭인들로 이곳에서 유일한 일반 무사인 내가 부하들을 거느리고 있는 것이 기분 나빴던 모양이다.

설명을 덧붙이자면 나는 일반 무사로서 임시 고용된 낭인들을 이끄는 입장이었다.

본래라면 경험 많은 일반 무사 중 한 명이 나서야 하는데

거친 낭인들을 관리하는 것은 무척 귀찮은 일인지라 갑자기
툭 튀어나오듯 일반 무사가 된 나에게 귀찮은 일을 떠맡겨 버
린 것이다. 낭인들에겐 어린놈의 새끼가 자신들을 이끈다는
사실이 큰 불만인 것이다.

십여 명의 낭인이 우르르 몰려와 나와 부하 삼인방을 포위
하였고 그중 산적 같은 털보남자가 나서 말했다.

"야! 애송이! 네가 우리들의 대장이 되었다고 들었는데 말
이야. 과연 자격이 있는지 실력을 확인하고 싶은데."

털보남자의 도발에 부하 삼인방은 발끈하였지만 나는 손
을 내밀어 막은 후 털보남자 앞으로 나서며 말했다.

"좋다. 내 실력을 얼마든지 확인……."

말이 끝나기도 전해 털보남자의 머리가 빠르게 날아와 콧
잔등을 후려치려 하였다.

개싸움의 기본 중 기본인 박치기로 기선을 제압하려는 것
이다. 다른 일반 무사였다면 통했을 기습공격이었지만 상대
가 나라는 것이 좋지 않았다.

아무리 재빠른 기습이라고 해도 내가 지금까지 싸웠던 강
자들과 비교하면 하품이 나올 정도로 느렸다. 나는 여유있는
동작으로 팔꿈치를 들어 털보남자의 박치기를 막았다.

"커억!"

단단한 팔꿈치에 안면을 가격당한 털보남자는 비명을 터
뜨리며 뒤로 물러섰다.

"이 개자식이!"

"죽여!"

"밟아!"

낭인들은 동료가 당하는 모습에 분노한 듯 욕설을 내뱉으며 일제히 달려들었다. 결국 처음부터 수로 깔아뭉갤 생각이었군.

"훗. 격이 다르다는 것을 가르쳐 주마."

나는 낭인들을 향해 비웃음을 날리며 겉모습이 변화하지 않는 아슬아슬한 단계까지 육체와 감각을 강화한 후 비호와 같은 속도로 낭인들 사이에 뛰어들었다.

주먹으로 치고!

붙잡아 던지고!

발로 차 날려 버렸다.

순식간에 십여 명의 낭인들이 땅바닥에 널브러졌다.

나는 그런 녀석들을 내려다보다가 고개를 들어 싸움에 참가하지 않은 채 구경하던 낭인들을 향해 말했다.

"이제 내 실력을 인정 못할 녀석은 없는 거겠지?"

나의 물음에 낭인들은 살짝 겁먹은 표정으로 전원 고개를 끄덕였다.

아니, 아직 한 명, 마치 검날처럼 날카로운 인상의 중년 남자는 히죽 웃는 얼굴로 앞으로 나서며 말했다.

"이야! 이제 보니 실력을 숨긴 엄청난 고수였구만."

“무슨 불만이라도?”

“아니, 아니. 나는 딱히 너에게 불만은 없어. 너를 때려눕히는 것도 어렵거니와 설사 때려눕힌다고 해도 딱히 돈을 벌 수 있는 것도 아니니까.”

“흠. 그러면 무슨 용건이라도 있는 건가?”

“부탁을 받았거든.”

“부탁을?”

“그래. 너를 보호해 달라는 부탁인데. 네 실력을 보면 나의 보호 따위 필요없는 것 같다. 그래도 그런 사실이 있었다는 것을 알려줄 겸 한번 나서본 것이다. 그럼 이만 물러나도록 하지.”

“잠깐! 궁금증만 일으켜 놓고 그냥 가려고 하면 어떻게 해.”

“응? 궁금한 게 있나? 뭐지? 가능한 거라면 얼마든지 가르쳐 주지. 본래라면 돈을 받아야 하지만 부탁받은 것도 있었으니 이번만큼은 특별히 공짜로 해주지.”

생긴 것과는 달리 정말 느글거리는 말투의 남자였다.

“당신 때문에 생긴 의문에 대한 거니까 돈 받을 생각 하지 마.”

“그래, 그래. 공짜로 해준다니까.”

“그럼 묻겠다. 대체 누구의 부탁으로 나를 보호하려고 했던 거지?”

“낭인왕. 네 아버지다.”

중년 남자의 그 말에 나는 깜짝 놀라 소리쳤다.

“아버지가?!”

설마! 그럴 리가 없잖아.

나태하기 그지없는 그 양반이 나를 돕는다고?

“이제 궁금증은 풀렸지. 그럼 나는 간다.”

중년 남자는 더 이상 할 말이 없다는 듯 등을 돌린 채 걸어
가 버렸다.

“아버지 대체 무슨 생각인 거지?”

마교와의 전쟁을 피해 도망친다면서 아들인 나에 대해선
걱정을 했던 모양이다. 물론 이번 전쟁에 참가할 생각은 없어
보였다.

“아버지가 낭인왕이었습니까?”

신동진이 눈을 동그랗게 뜬 채 아버지에 대해 물어왔다.

신동진뿐 아니라 부하 삼인방의 다른 두 명을 포함해서 널
브러져 있던 낭인들까지도 놀란 표정을 짓고 있었다.

“그래. 그런 것 같다.”

그 사실을 알게 되었을 때 얼마나 놀랐던가?

“오오! 이제 보니 강함은 혈통이었군요!”

“범상치 않다고 생각했지만 낭인왕의 혈육이었을 줄이
야.”

“과연! 대장님입니다!”

뭐가 과연 대장님이냐?! 아버지가 그렇게 대단했던가?

낭인왕이 무림십대고수 중 한 명으로 소속된 문파가 없는 뜨내기 무인들에게 명성이 높다는 것은 알고 있었지만 설마 이 정도일 줄이야.

"낭인왕의 아드님을 주군으로 모셔 평생 모시겠습니다!"

부하 삼인방을 포함해서 주변의 낭인들은 나를 향해 무릎을 꿇고 충성을 맹세하였다.

나는 떫은 감을 씹는 얼굴로 그들을 내려다보며 작게 중얼거렸다.

"아버지의 명성 때문에 충성을 맹세하는 건 왠지 기분 나쁘네."

괜히 아버지에게 심술이 나는 나였다.

어쨌든 아버지의 이름을 빌린 게 내키지 않았지만 난폭한 낭인들을 관리하는 것에 성공하여 이후 전쟁이 시작될 때까지 나름 편안하게 보낼 수 있었다.

뭐, 이후에도 당문천과 산산 등이 찾아와 대화를 나눈 것을 포함해서 몇 개의 일화가 더 있었지만 별로 중요한 이야기는 아니니 이만 중단하고 본론으로 들어가도록 하겠다.

중원무림의 모든 것을 파괴하며 전진해 나가는 마교는 전에도 이야기했지만 무작정 싸우려 하진 않았다. 일단 상대방과 일대일 혹은 일대 다수의 비무를 신청한다.

비무 방식은 상대 문파의 수준을 고려하여 가장 공정한 방식을 취하는데.

예를 들어 힘이 없는 약소문파라면 단 한 번 마교에서 내세운 단 한 명을 상대로 다수가, 문파가 가진 전력이 모조리 덤벼드는 것조차 허락한다.

물론 일대일이든 전력을 다하든 마교가 내세운 단 한 명의 강자를 쓰러뜨린 이는 없었다. 그렇게 수많은 무림문파와 무림과 관련된 이들은 항복조차 용납하지 못한 채 죽음을 맞이하여 사라졌다.

언뜻 공정해 보이면서도 실로 가혹한 승부가 아닐 수 없다.

마교는 중원 전역의 정파 세력을 집합시킨 무림맹과의 싸움에도 일대일의 비무를 신청했다.

무림맹은 마교의 비무 신청에 코웃음 치면서 자신의 실력에 자신만만한 정파의 젊은 고수들로 이루어진 별동대로 기습선공을 가하였으나 결과는 전멸이라는 참패를 맞이하고 말았다.

이후에도 온갖 전술과 계략을 사용하여 마교를 쳤으나 결과는 대패.

마교가 가진 압도적인 힘 앞에 잔재주는 소용없었다.

최후의 방법으로 무림맹의 높으신 분들이 무림과 관과의 관례를 깨고 자존심을 굽혀가며 황궁에 도움을 요청하여 마교 척결을 위해 십만대군을 지원받았으나 결과는 실로 끔찍했다.

마교에서 단 한 명.

칠흑의 갑옷을 입은 사신을 내세웠다.

흑암사신(黑巖死神). 정해랑이 사용하는 죽음의 마안은 한 명의 강자보단 그저 숫자를 믿은 세력을 상대로 막강한 위력을 발휘한다.

마안에서 내뿜는 '기운' 혹은 '기척'에 접촉하는 순간 예외없이 죽음을 맞이하기 때문이다.

십만대군에게 있어 죽음의 마안이란 상성상 최악의 상대라 할 수 있었다.

황궁에서 보낸 십만대군은 죽음의 마안에 의해 변변한 반격조차 못한 채 죽음을 맞이해 버렸다. 무려 이만이 죽었고 남은 팔만은 이해 불가능한 현상에 겁에 질린 채 도망쳐 버린 것이다. 혼란 속에서 서로를 짓밟아 일만이 더 죽어버렸다.

이건 실로 전술을 월등히 뛰어넘는 미래에 가서야 존재할 전략병기의 등장이라 할 수 있었다.

차라리 무림십대고수 혹은 강인한 정신력을 가진 고수들을 내세웠다면 인명 피해는 줄어들었을 것이다.

삼무성 중 하나가 나섰다면 어쩌면 승리를 거두었을지도 모르지만. 원래라면 강적의 등장에 가장 먼저 나섰을 투승은 여전히 실종된 상태였다.

삼무성의 남은 둘, 검왕은 자신의 직책상 함부로 움직일 수가 없었고 검후 또한 그 나름의 사정이 있어 움직이지 않은 채 사태를 전망하고 있다가 지금과 같은 사태를 맞이하게 된 것이었다.

이로 인해 더 이상 황궁의 도움은 요청할 수가 없었고 무림맹이 알아서 싸워야만 했다.

마교가 보여준 가공할 힘을 보면 결코 승리를 장담할 수가 없었다. 아니, 백전백, 참혹한 패배를 맞이하게 될 것이다. 결국 무림맹은 고심한 끝에 마교가 제안하는 비무를 받아들였다.

모월 모일. 운명의 날.

마교와 무림맹의 싸움의 주역들이 한자리에 모였다.

무림의 운명을 건 일대일 비무.

마교는 다섯 번 싸워 세 번 승리하면 자신의 패배를 인정한다고 하였다.

무림맹에서 선봉에 선 이는 화산일검.

화산파가 자랑하는 검의 천재로 삼십대 중반의 젊은 고수.

이에 마교는 천산검노를 격살했다고 알려진 금모청안의 홍모귀의 여인을 선봉으로 내세웠다.

홍모귀이지만 옷차림은 중원인과 다르지 않았는데 그 이름은 희희. 무림맹에선 흡정마녀라 칭하였다.

요사스런 흡성대법을 사용하는 것이 목격되었기 때문이다.

마교 내에서는 어떤 별호로 불리는지는 알 수 없었다.

소문에 의하면 밤중에만 나타난다고 하는데 무림맹에선 사악한 마공을 수련한 폐해라고 생각하고 있었다.

대낮인 지금에도 당당하게 모습을 드러내는 것을 보아 큰 문제는 없는 듯했다.

중원무림과 결코 어울리지 않는 홍모귀 여인은 뭔가 피곤한 듯 나른한 표정으로 검을 들었는데 그 또한 어울리지 않게 대검이었다.

춘화가 사용했던 거대한 검과 비교하면 작은 편이지만 중원무림의 일반적인 검과 비교하면 크고 묵직해 보였다.

정파무림을 대표하는 검객과 무림과 어울리지 않는 홍모귀 여인의 승부는 순식간에 나버렸다.

금모청안 홍모귀의 여인 희희의 압승이었다.

초절정고수들 간에 상승의 무공과 초식을 겨루는 승부가 아니라 그저 빠르고 강렬할 뿐인 대검의 일격에 의해 화산일검의 몸통은 들고 있던 검과 함께 세로로 두 조각이 나버린 것이다.

무림십대고수 화산일검의 패배!

무림을 대표하는 정파의 고수들에겐 실로 엄청난 충격이 아닐 수 없었다.

흡성대법을 사용하는 사악한 마녀라 생각했는데 검으로 일격에 패배하다니.

실로 믿기 힘든 현실인 것이다.

정파가 받은 충격은 매우 컸지만 마교가 내세운 고수에게 패배한 채로 비무를 멈출 수는 없었다.

무림맹에서 두 번째로 내세운 이는 무당선자.

화산일검과 마찬가지로 무당을 대표하는 검객이었다.

그러고 보면 투승을 포함해 두 명을 제외하면 무림십대고수 전부가 검을 사용하였다.

검이야말로 정파의 상징인가?

무당선자를 상대로 금모청안의 홍모귀 여인은 뒤로 빠지고 칠흑의 갑주를 걸친 괴인이 앞으로 나섰다.

흑암사신(黑暗死神) 정해랑.

황궁에서 보낸 십만대군을 상대로 무려 삼만을 죽음에 이르게 한 존재.

사상최악의 죽음의 병기.

이번 비무도 순식간에 결판나 버렸다.

무당선자는 비무가 시작되고 정해랑에게 몸을 날렸으나 제대로 맞붙어보지도 못한 채 허공에서 심장이 정지한 채 죽음을 맞이해 버렸다.

육망성 중 타락한 성기사의 갑옷을 입음으로써 정해랑이 원하지 않는 한 힘이 밖으로 뿜어나가지 않도록 안쪽으로 눌러 압축하여 시간이 지날수록 증폭되어 가는 죽음의 마안은 발출하게 되면 엄청난 위력을 발휘하게 되는데 무당선자의 정신력으론 그것을 이겨내지 못하였던 것이다.

그리하여 무당선자는 다른 이들의 눈으로 보면 실로 허무한 죽음을 맞이하고 말았다.

연달은 십대고수의 패배와 죽음.

무림맹, 아니, 정파에 있어서 더 이상 물러날 자리는 없었다.

그리하여 무림십대고수 중에서 정점의 자리에 위치한 삼무성 검왕 남궁곤이 세 번째 비무에 나섰다. 참고로 검왕은 무림맹의 맹주이다.

"강적입니다. 저도 함께……."

검후 화람이 나서 불안한 목소리로 협공을 제안하였지만 검왕은 고개를 내저었다.

"우리 정파의 자존심이 걸린 문제요. 협공을 하게 된다면 설사 승리한다고 해도 패배한 것이나 마찬가지인 것이오."

"하지만! 십대고수 중 둘이 패배했는데……."

"걱정하지 마시오. 전날 천마지존과의 싸움 이후 맹주의 일을 뒤로하면서까지 폐관수련을 해왔소. 지금의 나는 결코 지지 않소."

"……."

결국 검후 화람은 검왕의 의지를 굽히지 못하였다.

“흡정마녀! 흑암사신! 둘 중 누구라도 좋다! 덤벼라! 정파의 진정한 힘을 보여주마!”

앞으로 나선 검왕의 우렁찬 외침에 혈마가 사악함이 담긴 광소를 터뜨리며 앞으로 걸어나왔다.

“크하하하! 계속되는 패배에도 기세가 등등하구나. 정파 나부랭이. 크크크. 이번엔 이 몸이 나서 갈기갈기 찢어 죽여주마.”

혈마의 등장에 검왕은 눈살을 찌푸렸다.

“네놈. 혈마인가?”

“그래, 혈마다.”

“네놈의 실력은 본좌의 상대가 되지 않을 텐데.”

검왕은 오대마종의 한 명인 혈마에 대해 익히 알고 있었다.

마도인조차 기피하는 흉악무도한 존재로 무림에서 악명이 자자했다. 하지만 그뿐이다.

잔인하고 막강한 고수이긴 하지만 무림십대고수라면 모를까 삼무성의 한 명인 자신의 상대론 여러모로 손색이 있었다.

검왕이 자신을 깔보고 있다는 것을 확인한 혈마는 너무나도 즐겁다는 듯 살기와 광기로 번들거리는 눈으로 하늘을 바라보며 더욱더 크게 광소를 터뜨렸다.

“크하하하하!! 재미있는데. 정말 재미있어! 죽이고 싶은 마음이 샘솟게 해줘서 고맙구나. 검왕이여. 크크크크…….”

“흥! 나야말로 쉽게 승리를 얻게 되어 고맙구나.”

"크하하하! 덤벼라! 죽여주마!"

혈마의 살기 가득한 외침을 시작으로 두 고수의 싸움이 시작되었다.

서로를 향해 빠른 속도로 돌진!

카카카—카캉!!

검과 검이 충돌하며 요란한 소리를 일으켰다.

실로 고수들의 싸움에 어울리는 호각세!

검왕 쪽은 혈마의 무공이 자신의 예상 이상으로 강하다는 사실에 당황한 표정을 지었다.

"설마 이 정도일 줄이야."

마도인은 높은 내공을 가지고 있는 반면 기초 부족으로 인해 기교가 떨어지기 마련인데 혈마는 전혀 그렇지 않은 것이다.

확실히 초식의 기초는 부족해 보이나 단점으로 작용하지 않았고 오히려 정석에서 벗어나 있어 상대하기가 무척 까다로웠다.

정파와는 다른 수많은 실전과 살인 경험으로 쌓여진 강함인 것이다.

"크크크!"

혈마는 사악한 웃음을 흘리며 혈형마공을 구단계 극성까지 끌어올려 움직임의 속도를 높였다.

파앗!

초절정고수의 시야에서 벗어날 정도의 속도로 잔상만을 남긴 채 검왕의 눈앞에서 사라진 것이다.

"……!"

검왕은 자신의 시야에서 사라진 혈마의 움직임에 깜짝 놀라는 가운데 혈마는 그런 검왕의 등 뒤에 나타나 혈검을 휘둘렀다.

"죽어!"

위기의 순간!

검왕은 재빨리 몸을 낮추어 혈마의 혈검을 피하면서 그대로 자신의 검을 혈마의 가슴을 향해 찔러 넣었다.

"큭!"

혈마는 검왕의 검에 가슴이 꿰뚫려 상반신이 피로 범벅이 된 채 신음을 토해내며 도망치듯 뒤로 물러났다.

혈마가 가슴에 상처를 입자 모두들 검왕이 승기를 잡은 것으로 생각하였으나 아직 승부는 결정되지 않았다.

혈형마공이 가지고 있는 능력 중 하나가 불사신과 같은 회복 능력이다.

머리를 박살 내지 않는 이상 결코 죽지 않는다.

정확하게 두개골 속의 뇌를 절반 이상 곤죽으로 만들어야 죽일 수 있다.

이격을 피해 도망치듯 물러나는 동안 혈마의 가슴 상처는 순식간에 회복되어 사라졌다. 그리고 상처가 완벽하게 회복

됨과 동시에 검왕을 향해 돌진하며 맹공을 가하였다.

카캉! 카카캉!!

다시 한 번 요란한 소리가 울려 퍼지는 가운데 이번엔 검왕이 필살의 의지를 담은 일격을 가하였다.

뇌룡참(雷龍斬)!

남궁세가가 자랑하는 제왕검형의 오의로 이름 그대로 용을 베는 일격이었다.

확실히 파괴력은 막강하며 용이 존재한다면 분명 베었을 것이나 상대는 용이 아닌 혈마였다.

혈마는 뇌룡참이 범상치 않다는 것을 본능적으로 깨닫고는 정면으로 맞서지 않은 채 공중으로 몸을 날려 피해 버렸다.

덕분에 검왕은 혈마가 아닌 아무것도 없는 허공을 베고 말았다.

"크하하하!"

혈마는 광소하며 혈형구현화로 만든 자신의 혈검을 거대한 낫으로 변화시킨 후 검왕의 머리를 가르듯 내리찍었다.

"끝이다!"

혈마는 자신의 승리를 확신하며 소리쳤지만 검왕은 정도최강을 대표하는 삼무성의 한 명.

자신의 공격이 실패한 직후 가해지는 불의의 일격이라고 해도 호락호락하게 당하지 않는다.

자신의 검을 방패 삼아 자신의 머리 위로 떨어지는 핏빛의 낫을 막아내었다.

꽈아앙!

폭음과 함께 검왕의 두 발이 지면에 한 자가량이나 박혀 들어갔지만 혈마가 원하는 대로 일도양단되지 않았다.

“젠장!”

혈마는 거친 욕설을 내뱉으며 다시 한 번 검왕을 죽일 듯이 달려들었다.

“후우. 야생마 같군.”

검왕은 처음 혈마의 예상 이상의 강함에 동요했던 모습과 달리 냉정을 찾은 얼굴로 살짝 한숨을 토해내며 혈마가 자신의 ‘거리’에 도달하기를 기다렸다.

유성검(流星劍)!

검왕이 가진 검의 오의 중 하나.

번쩍!

한줄기의 섬광이 달려드는 혈마의 목을 가르며 지나갔다.

승부가 난 것인가? 아니, 벤 것은 잔상!

혈마는 혈형마공이 부여해 준 극한의 속도로 아슬아슬하게 유성검을 회피한 후 땅바닥을 한 바퀴 굴렀다가 재빨리 몸을 일으켰다.

“젠장! 죽는 줄 알았네.”

혈마는 자신의 목을 거칠게 문질렀는데 피가 흘러나온 자국이 있었다.

검왕의 유성검은 목의 살가죽은 물론 목뼈를 잘라 버렸으나 혈형마공이 가진 불사에 가까운 회복력에 죽음에 이르지 않았고 땅바닥을 구르는 동안 잘려 나간 목뼈까지 상처를 모조리 회복시켰다.

"크크크! 과연 검왕이란 별호에 어울리게 네놈의 검은 빠르고 날카롭구나. 덕분에 상처의 회복이 빨라서 좋군. 나를 죽이려면 목이 아니라 이곳을 노려 베라고."

혈마는 자신의 유일한 약점인 머리를 톡톡 두들겼다. 그런 행동은 미친 짓으로 보이지만 실제론 자신을 죽일 수 있는 급소를 공개함으로써 죽지 않기에 자칫 지루해질 수 있는 전투의 감각을 상승시키는 동시에 승리했을 시 얻을 쾌감이 커지게 만드는 역할을 하게 한다.

검왕은 혈마의 여유로운 모습에 분한 듯 이를 악물었다.

"괴물 같은 놈."

"그래. 나는 괴물이다. 아니, 악마였던가. 크크크."

혈마는 검왕을 놀리듯 웃고 있었지만 속내는 전혀 달랐다.

상대가 삼무성 중 한 명인 검왕 남궁곤이라고 하지만 앞서 싸웠던 흡혈귀 희희와 흑암사신 정해랑과 비교해 너무 오랜 시간을 싸우고 있었던 것이다. 이래 가지곤 자신이 위의 둘보다 아래라고 말하는 것이나 마찬가지였다.

빌어먹을! 열받는데! 정말 열받아!

내공이 담겨진 심장이 빠른 속도로 뛰기 시작하며 피처럼 붉은 머리카락이 불타오르듯 공중으로 치솟기 시작했다.

전신의 모공을 통해서 피가 흘러나오며 피의 안개를 내뿜는 동시에 등 뒤로 박쥐의 날개와 같은 형상이 만들어졌다.

그것은 악마의 날개.

혈마의 몸 안에 잠식한 악마의 힘이 발동하기 시작한 것이다.

"이게 무슨 괴사……."

검왕은 혈마가 내보이는 변화에 조금 놀란 듯 중얼거리는 가운데 혈마의 신형이 사라졌다.

"헉!"

검왕은 신음을 토해내면서도 고수로서 본능적으로 검을 휘둘러 검의 상승기술 중 하나인 검막을 펼쳐 전신을 방어하였다.

쫘아앙!

폭발과 함께 검왕의 몸이 불안하게 휘청거리며 뒤로 십 장이나 미끄러졌다. 물론 철벽의 방어를 펼치던 검막은 부서졌다.

"이런! 위험해!"

검왕이 낭패한 표정을 짓는 가운데,

"크하하하!"

혈마는 광소하며 한층 거대해진 낫으로 검왕의 몸통을 베어내듯 휘둘렀다.

부우웅!

"크윽!"

검왕은 막을 생각을 포기하며 보법을 밟는 것은 물론 몸까지 활처럼 비틀어 낫의 참격을 피해 버렸다.

"크크크! 잘나신 검왕께선 도망치는 것 하나만큼은 기똥차시군!"

"크윽!"

검왕은 혈마의 말에 분한 듯 신음을 토해냈으나 남궁세가에 전해 내려오는 상승의 내공심법인 천뢰제왕신공(天雷帝王神功)으로 냉정을 되찾고는 깊은 숨을 토해냈다.

"유성(流星)……."

시구를 읊는 듯한 나직한 초식명과 함께 검왕의 검을 시작으로 혈마를 향해 한줄기의 섬광이 번쩍였다.

"흥!"

혈마는 코웃음 치며 방금 전과 마찬가지로 공중으로 몸을 날려 검왕의 공격을 가볍게 회피하였다.

방금 전까지 혈마가 있었던 자리에 도달한 검왕은 다음 초식명을 읊었다.

"천뢰(天雷)……."

공중에 떠 있던 혈마를 향해 천의 뇌격이 쏟아졌다.

꽈꽈꽝!!

"크아아악!"

고통스러워하는 비명 소리와 함께 혈마는 전신의 상처를 통해 엄청난 피를 내뿜으며 추락해 버렸다.

"와아아아!"

무림맹의 진영에서 환호성이 울려 퍼졌다.

인간 같지도 않은 혈마를 상대로 싸워 승리를 거둔 것이다.

연달은 패배에 이은 첫 승리였기에 더욱 기뻤던 것일 수도 있었다.

검왕은 혈마와의 싸움으로 인해 조금 지치긴 했지만 승리의 흐름을 이어가는 게 좋다고 판단하고 기세등등한 태도로 마교를 향해 소리쳤다.

"자! 다음 상대는 누구냐! 누구든 좋다! 덤벼라!"

"크크크. 아직 네가 이겼다고 생각하기엔 이른 것 같은데."

"뭣!"

검왕이 등 뒤로 들려온 사악한 목소리에 깜짝 놀라 고개를 돌리는 순간, 지면 곳곳에 뿌려진 혈마의 피가 수백 개의 송곳이 되어 날아와 검왕의 전신을 꿰뚫었다.

"커억! 어… 떻… 게……."

"말했지. 머리통을 박살 내지 않으면 결코 죽지 않는다고."

"그런 말도 안 되는……."

검왕은 그 말을 끝으로 숨을 멈추었다.

"검왕이 죽었다!"

"삼무성이 죽다니. 이건 말도 안 돼!"

"으아아악!"

"지금 당장 사악한 마도교를 죽여라!"

무림맹의 고수들은 혈마가 뭔가 비겁한 수법을 사용하여 검왕을 죽였다고 결론짓고는 그대로 폭발해 버렸다.

그리하여 세력과 세력이 충돌하는 총력전이 시작되었다.

"크하하하하! 스스로 살 수 있는 기회를 버릴 생각인가!"

이번 무림대전쟁을 이끄는 것에 있어서 마교의 사령(司令)이라 할 수 있는 혈마는 갑자기 벌어진 총력전에 광소하며 악마로 인해 증폭된 혈형마공을 사용하여 어느 때보다도 잔혹한 살육을 시작했다.

혈마뿐 아니라 다른 흡혈귀 희희를 포함해서 육망성, 선단(仙丹)을 복용하여 강화된 일천의 마인과 일만에 이르는 마교의 전사들도 싸움에 뛰어들었다.

삼무성의 남은 한 명인 검후를 포함한 남은 무림십대고수도 싸움에 뛰어들며 목숨을 돌보지 않고 싸우기 시작하여 시간이 흐를수록 실로 막대한 인명 피해를 입기 시작했다.

第九章
육망성의 패배

　총력전이 시작된 후 나는 싸우기보다 먼저 아는 이들을 찾기 시작했다.

“젠장! 당문천과 산산은 무사한 건가?”

워낙 치열한 혼전인지라 녀석들의 모습이 보이지 않았다.

“안 돼! 막아야 돼!”

　무림맹의 일반 무사로서 이번 전쟁에 적극적으로 나서지 않았던 나는 눈앞에서 벌어지고 있는 끔찍한 살육과 무림의 종막에 신음을 토해내며 자신의 인생을 걸 정도의 각오를 하지 않으면 안 된다는 사실을 깨달았다.

　저 싸움을 막을 수 있는 이는 오직 한 명, 나뿐이다.

오만하다고 생각해도 좋다.

저들을 막을 수 있는 건 나밖에 없다.

그동안 모두에게 숨겨왔었던 나의 또 하나의 정체를 여기서 드러낸다.

변신(變身)!

암화구천마경의 힘을 사용하여 피처럼 붉게 변화한 눈을 통해 안광을 뿜어내며 머리카락을 휘날리면서 허공답보의 수법으로 삼십여 장 날아올라 그 위에서 살육을 자행하는 모두를 향해 마황후의 기운을 담아 소리쳤다.

[모두들 나의 목소리를 들어!]

소림의 사자후가 만마를 물리치는 것과 마찬가지로 마황후는 사용하기에 따라서는 사람의 마음을 굴복시킬 수 있었다.

나의 외침에 모두들 마치 그렇게 정해진 것처럼 싸움을 멈추었다.

"후우. 통한 건가?"

나는 한숨을 토해내며 지상에 착지한 후 놀란 표정으로 나를 바라보는 이들을 향해 걸어갔다.

무림맹 쪽에선 웬 놈이냐는 표정을 짓고 있는 반면 마교 쪽에선 나의 등장에 크게 동요하고 있었다.

"우앗! 마황이다!"

"모습을 감추었던 마황이 나타났다!"

“어째서 이런 곳에 마황이?!”

마도인들의 놀란 외침에 나는 고개를 끄덕이며 마황임을 긍정했다.

“그렇다! 나는 마황이다!”

나의 외침에 마도인들의 놀람은 극에 달하였다.

“역시 마황이었어!”

“이럴 수가! 마황이 나타났다!”

“마황이시여!”

어떤 이들은 나를 향해 무릎을 꿇고 절을 하기 시작했다.

어라? 내가 이렇게 공경을 받았던 인물이었던가?

마도 최강인 천마지존를 쓰러뜨린 후 마황이라 불리며 명성이 높아지긴 했지만 이 정도는 아닌 걸로 아는데.

방금 전 사용했던 마황후에 담겨져 있는 지배력이 발휘되고 있는 것인지도 모른다. 좋아! 절호의 기회를 놓칠 수는 없지.

나는 다시 한 번 마황후의 수법을 담아 마도인들을 향해 소리쳤다.

“모두들 나의 말을 들어라! 마황의 이름으로 명령하겠다! 쓸데없는 싸움은 그만두고 물러나라!”

나의 명령에 마도인들은 정신적으로 충격을 받은 듯 전신을 부르르 떨더니 나의 말에 따라 물러나려고 하였다.

무림맹 쪽에서도 혼란스러워하면서 죽은 검왕을 대신해서

검후가 모두를 이끌고 전장에서 물러났다.

좋아. 나중에 어떻게 될지 모르겠지만 지금 당장 급한 불을 끌 수 있을 것 같았다. 하지만 내가 하려는 일을 방해하려는 이가 있었다.

"하하하하! 뭐냐! 네놈! 갑자기 나타나서는 무슨 헛짓거리를 하려는 것이냐?!"

마황후에 뒤지지 않는 사악한 마기가 담긴 웃음소리에 마도인들의 움직임이 일제히 멈추어졌다.

나와 마찬가지로 피처럼 붉은 눈동자와 머리카락을 휘날리고 있는 혈마가 예전과 다를 바 없는, 아니, 오히려 더욱더 흉악무도한 표정을 지으며 나를 향해 몸을 날렸다.

나는 혈마의 접근에 순간 움찔하였으나 아무렇지 않은 듯 꾹 참으며 차가운 시선으로 노려보았다.

혈마는 내가 서 있는 장소에서 일 장의 거리를 남겨두고 착지한 후 히죽 사악한 표정을 지으며 삐딱한 자세로 머리를 내밀었다.

"정말 오랜만이구나, 제자야. 크크크."

나는 이를 악물며 혈마를 쏘아보았다.

"혈마, 나는 너를 사부로 인정한 적 없다."

혈마는 이해한다는 표정으로 고개를 끄덕였다.

"그래, 그래. 제자랍시고 고생해서 무공을 가르쳐 놓으니 조금만 강해졌다 싶으면 그렇게 말하곤 하지. 그래서 묻는 건데, 죽고 싶냐? 죽여줄까?”

“나는 예전의 내가 아니야. 혈마, 협박은 통하지 않아.”

내가 강하게 나가자 혈마는 화를 내기는커녕 재미있다는 듯 싱글거리며 말을 이었다.

“하하! 그래서 결국 죽여달라는 말이지.”

혈마는 자신의 말이 끝나기 무섭게 가차없이 나를 향해 공격을 가하였다.

나도 나름 혈마의 공격에 대비하였지만 혈형마공이 가지고 있는 힘의 특성상 육체와 감각을 한계까지 강화하여 워낙 엄청난 속도로 움직이는지라 무수하게 난타당하며 공중으로 떠올랐다. 그런 나를 향해 혈형구현화로 만들어진 거대한 낫이 빠른 속도로 떨어졌다.

젠장! 재수없으면 죽겠다.

암화구천마경(暗火九天魔經)! 환영무유보(換影無有步)!

공간조차 뛰어넘는 극한의 경공술!

설사 두 발이 지면에 닿지 않고 자세가 불완전하다고 해도 필요하다면 공간을 뛰어넘을 수 있다.

파아앙!

파공음과 함께 나의 육신은 떨어지는 거대한 낫을 피해 사라졌다가 혈마의 등 뒤에 나타났다.

절호의 기회다!

금강파천(金剛破天)!

금강불괴조차 파괴할 나의 오른 주먹이 훤하게 드러난 혈마의 등을, 심장 부위를 정확하게 가격했다.

꽈앙!

"커억!"

혈마는 생각지 못한 공격을 받고는 격한 신음을 토해내며 앞으로 구르듯 미끄러지다가 지면에 처박혔다.

혈형마공으로 인해 금강처럼 강화되었다고 하지만 금강불괴도 파괴하는 금강파천에 정확하게 가격된 이상 혈마의 심장은 멈추었을 것이다.

"하지만 상대는 다름 아닌 혈마이니 안심할 수는 없다. 마지막 일격을 가해야 해."

혈형마공을 극성까지 수련한 혈마는 웬만한 상처로는 죽지 않는 불사신이다. 숨통을 끊어버리기 위해선 머리를 부수어야 한다.

내가 지면에 엎어져 있는 혈마의 머리를 짓밟으려는데 그런 나의 앞을 막아서는 이가 있었다.

황금빛 머리카락에 하늘보다 푸른 눈동자를 가진 여인이었다.

홍모귀이자 흡혈귀인 희희였다.

마법사의 제자인 육망성의 하나로 무림십대고수를 무려 세 명이나 죽음에 이르게 만든 강자였다.

서양에선 아름다운 외모인지 어떤지 모르겠지만 바로 앞

가까이에서 보고 있으니 생소하면서 무서운 느낌이 들었다.

"비켜라."

나는 말로 위협을 해보았으나 역시나 통하지 않았다.

"그럴 수는 없다. 마음에 들지 않지만, 아직 죽을 때가 아니다."

희희의 대답에 나는 고개를 끄덕였다.

"그럼 내 손속이 난폭하다고 욕하지 마라."

금강파천(金剛破天)!

나의 오른 주먹이 희희의 가슴을 꿰뚫듯이 가격했다.

쫘앙!

폭음이 울려 퍼지며 희희의 전신이 흔들렸다.

몸 안쪽 심장에도 충격이 가해진 것 같았는데 그뿐이었다.

희희는 아무렇지 않다는 듯 자신의 양어깨를 으쓱하며 조금 딱딱한 어조로 금강파천에 적중당한 자신의 가슴을 가리켰다.

"유감스럽겠지만 나는 심장이 뛰지 않아도 상관없다."

"뭐라고?!"

그럴 리가 없잖아!

심장이 뛰지 않으면 죽는다. 고수라서 당장 죽지 않는다 해도 최소한 움직일 수는 없을 텐데.

"흡혈귀이거든."

역시 육망성인가?

희희는 자신의 정체를 담담하게 말하고는 여유있는 동작으로 나의 오른손 손목을 붙잡으려 하였다.

단지 붙잡으려는 것뿐이었지만 말로 표현하기 어려운 심상치 않은 위험을 느끼고 재빨리 뒤로 물러났다.

희희는 상관없다는 듯 성큼성큼 나를 향해 걸어나갔다.

"젠장!"

이대로 계속 도망칠 수는 없다.

약한 모습을 보이면 마도인들에게 마황으로서 권위가 무너지고 만다. 그렇게 되면 지배력이 사라져 다시 끔찍한 싸움이 시작될 것이다.

흡혈귀인지 뭔지 모르겠지만 맞서 싸운다.

결심을 굳히는 순간 중원에는 거의 없는 끝부분이 송곳처럼 날카로운 검날이 미간을 노리며 날아왔다.

어라? 이런 형태의 검이었던가? 거대한 대검이 아니었어?

의문은 뒤로한 채 고개를 비틀어 검날을 피해 버렸다.

희희의 공격은 지금까지 싸웠던 이들 중 손가락에 꼽을 정도로 빠르긴 했지만 방금 전의 혈마나 지주공과 비교하면 조금 느린 편이었다. 아슬아슬하게 내가 더 빠르다, 라고 생각하는 것도 잠깐.

탁!

어느샌가 손목을 붙잡혔다.

"어라?!"

손목이 붙잡힌 사실에 놀라는 사이 붙잡힌 손목을 통해 실로 순식간에 몸 안의 기운이 빨려 나가기 시작했다.

뭐냐? 흡성대법이냐?

기운뿐 아니라 몸 안의 피까지 빠른 속도로 빨려 들어갔다.

"크윽!"

나는 위기를 벗어나기 위해 혈형마공을 극성까지 끌어올려 더 이상 피를 빼앗기는 것을 막는 동시에 패왕투귀를 발동하여 몸 안의 잠재력을 폭발시켰다.

"후하아아압!"

기합성과 함께 손목을 붙잡고 있는 희희의 손을 뿌리친 후 그대로 돌진하여 잠재능력, 즉 젖 먹던 힘까지 전부 끌어올렸던 힘을 담아 몸통박치기를 먹였다.

꽈아앙!

무시무시한 파괴력뿐 아니라 내공이 몸 안 깊숙이 파고들며 뒤흔든다는 침투경의 수법을 담았다.

"커억!"

희희는 태산과 부딪친 듯 전신이 산산조각 분쇄된 채 멀리 날아가 버렸다.

"밤이었다면 이렇게는……."

희희가 뭐라 중얼거렸지만 무시해 버리자.

"후우. 좋아. 이제 혈마를……."

이제 희희의 방해로 못다 한 마무리를 지으려 하는데 안대

를 한 여인 연금술사 창주주와 칠흑의 갑옷을 입은 괴인 정해
랑이 다가왔다.

"오랜만입니다, 마황."

"……."

창주주는 반갑게 인사하는 한편 정해랑은 침묵으로 일관
하고 있었다.

음침하게 말이 없는 녀석이긴 하지만 친구인 나를 보고도
아는 척하지 않다니. 뭔가 이상한데. 뭐, 나중에 생각하자.

"인사 같은 건 나중에 하고 혈마를 죽일 생각이니까, 비켜
라."

"그럴 수는 없는 겁니다. 그가 죽든 말든 상관없지만. 그것
과 별개로 우리들하고도 싸워야 하는 겁니다."

"싸운다고? 어째서? 그럴 이유가 없잖아."

"운명인 겁니다. 절대천마의 유지를 잇는 당신과 마법사의
제자인 육망성과의 싸움은 오래전부터 결정된 겁니다."

"당신도 육망성이었어?!"

"예. 그런 겁니다."

처음 알았다.

"잠깐! 육망성이라 치고 당신 그렇게 호전적이었어? 꼭 싸
워야 하는 거야? 대화로는 안 되는 거야?"

살문 삼강 중 한 명인 와비우였다면 싸웠을 것이다.

심장이 멈춘 채 널브러진 혈마나 사람의 피를 빼는 흡혈귀

또한 싸워 쓰러뜨릴 수밖에 없었다.

하지만 창주주는 달랐다.

그녀는 아무리 봐도 사람으로밖에 보이지 않아 적의를 느낄 수 없었다.

나의 말에 창주주는 조금 곤란하다는 표정을 지으며 말했다.

"저는 연금술사입니다. 세상을 공부하는 학자인 동시에 의원으로서 폭력은 좋아하지 않습니다. 싸우는 것을 싫어합니다. 하지만, 어쩔 수 없는 겁니다. 고대로부터 이어진 이야기를 마무리 짓기 위해서는 싸움으로 결판내는 수밖에 없는 겁니다. 세상의 정의는 흑과 백으로 나누어 싸워서 결판을 짓는 게 가장 빠른 겁니다."

"흑백으로 나누다니. 꼭 그렇게 할 필요는 없잖아."

"궤변이라는 거 알고 있습니다. 하지만 세상은 의외로 흑백논리로 움직이는 겁니다. 그게 쉽고 간단하니까요. 그리고 이번 일에 대해선 저로서도 어쩔 수 없는 겁니다. 죄송합니다. 그러니까 제 손에 죽어주세요."

창주주의 말에 칠흑의 갑옷을 입은 정해랑이 앞으로 나섰다.

그 순간 지독한 무거움이 전신을 짓눌렀다.

현실의 무게가 아닌 마음의 무게였다.

이 세상에서 가장 무서운 것이 눈앞에 나타나 너무나도 무서워서 전신이 바들바들 떨리기 시작했다.

지금 당장 죽을 것 같은 느낌에 나뿐 아니라 내 주변의 친한 이들이 다칠까 봐 병들어 죽을 것 같아서 강한 불안함이 느껴졌다.

이 세상에서 가장 소중한 이가 세상을 떠난 것처럼 한도 끝도 없이 슬퍼져 울음을 터뜨리고 싶었다.

위에서 먼저 설명했던 온갖 부정적인 마음이 감돌며 나의 마음을 마구 짓눌렀고 이윽고 마음속이 텅 빈 것 같은 공허함이 찾아오며 살아갈 의욕이 사라져 갔다. 한마디로 죽고 싶어졌다. 무당선자가 어째서 허무하게 죽어버렸는지 알 것 같았다.

"소개해 드리지요. 육망성의 하나. 타락한 성기사입니다. 정확하게는 타락한 성기사가 남긴 유품인 갑옷입니다. 타락한 성기사는 어떤 일로 인해 자신이 섬겼던 신에 대한 믿음이 사라졌습니다. 이후 지독한 우울증을 겪었다고 하지요. 마법사님이 그런 그를 수하로 거두었습니다만, 결국 우울증을 견디다 못해 자살을 했습니다. 현재 갑옷을 입고 있는 분은 당신의 친구였던 분인데 그들이 가진 능력과 자살한 성기사의 잔존사념이 담겨 있는 갑옷과 결합하여 몇백 배로 증폭되어 그야말로 바라보는 것만으로 곁에 있는 것만으로 죽음에 이르는 존재가 되었습니다. 죽음에 있어선 지금은 사라진 육망성의 한 명, 사신을 월등히 능가하는 겁니다."

창주주의 입을 통해 주절주절 흘러나오는 설명을 들으면서 이를 악물었다.

갑자기 덮쳐 온 죽음에 순간적으로 당혹하긴 했지만 진심으로 죽고 싶은 마음은 없었다.

암화구천마경이 주는 마성과 광기를 극복한 나였다.

죽음의 마안과 타락한 성기사의 갑옷이 합쳐지며 상호작용이 일어나 수백 배로 증폭되었다고 하지만 아홉 개의 마공이 어지러이 혼합된 것과 비교하면 한 수 아래.

나는 과연 그걸 어떻게 극복했던 것일까?

천마지체라는 체질도 있지만 가장 먼저 혈형마공을 수련했기 때문이다.

고대 혈형마공을 완성했던 마인은 사람이 가진 기억이든 감정이든 머릿속 뇌의 활동에 지나지 않는다는 사실을 깨달았다고 한다. 그렇다면 혈형마공으로 뇌 안에 존재하는 물질을 이용하면 감정 또한 지배할 수 있는 것이다.

"좋아! 극복했다!"

"호오! 놀라운 겁니다."

창주주는 죽음의 충돌을 극복해 낸 나의 모습에 실로 감탄하였다.

나는 그런 창주주를 무시하며 여전히 죽음의 기운을 뿌리고 있는 정해랑을 바라보며 소리쳤다.

"정해랑! 어떤 일이 있었는지 모르겠지만 그 기분 나쁜 갑옷을 벗겨주마!"

소리치며 정해랑을 향해 빠른 속도로 달려들었는데 뭔가가 이상했다. 그리 멀리 있지 않았음에도 거리가 좁혀지지 않는 것이다. 마치 보이지 않는 벽이 달려드는 나의 몸을 밀어내고 있는 것처럼.

"크윽! 이건 대체……."

"심리장벽입니다. 마음의 벽이라 하지요. 물리력으론 절대 뚫을 수 없는 벽이라고도 합니다. 그렇기에 마황님이라도 해도 그리 쉽게 뚫을 수 없는 겁니다."

"절대 뚫을 수 없다니. 그럴 리 없잖아!"

금강파천(金剛破天)!

황금빛 광채가 번쩍이는 일권이 정해랑을 향해 내질러졌지만 순간적으로 반투명한 육각형의 막이 나타나 금강파천의 위력을 상쇄시키고는 사라졌다.

"포기하지 않아!"

나는 몇 번이고 금강파천을 사용했고 마지막에는 패왕투귀로 몸 안의 잠재력을 폭발시켰으나 정해랑의 심리장벽을 뚫는 것에는 실패했다.

"젠장! 안 되는 건가?"

아니, 이대로 물러서지 않는다.

마음에 벽에는 마음! 광기로 맞선다.

혈형구현화로 혈검을 구현하는 동시에.

[베베베베— 벤다!]

머릿속에 광기의 외침이 울려 퍼진다.

마신검(魔神劍)!

오로지 베어버리겠다는 일념으로 타인을 거부하는 심리장벽을 베어낸다.

째그랑!

정해랑의 앞을 가로막는 마음의 벽은 산산조각나며 흩어졌다.

나는 아무런 방해도 없이 정해랑에게로 성큼성큼 걸어나갔다.

정해랑은 최후의 발악을 하려는 듯 나를 향해 필사적인 목소리로 소리쳤다.

"오지 마!"

"해랑……."

칠흑의 갑옷으로 전신이 감추어진 정해랑은 풀이 죽은 듯 지면을 내려다보며 작게 중얼거렸다.

"나는 너무나도 많은 사람을 죽였어. 이런 추악한 나를 친구였던 너에게 보이고 싶지 않아. 그러니까 내 곁에 오지 마. 부탁이야. 제발……."

정해랑의 간절한 부탁에 나는 고개를 내저었다.

"그럴 수는 없어."

"너무해!"

정해랑은 울 것 같은 목소리로 소리쳤지만 나는 무시하며 계속 걸음을 옮겨 두 손으로 투구를 붙잡았다.

"이런 칙칙하고 불길한 건 너에게 어울리지 않아."

투구를 벗기자 정해랑의 아름다운 얼굴이 드러났다.

그 순간 투구 안에 담겨 있었던 수백 수천이 넘는 악귀와 같은 것들이 괴성을 지르며 허공으로 흩어지며 어둠이 사라지고 그것을 대신해 환한 빛이 온 사방을 가득 채웠다.

"나는……."

울먹거리는 정해랑의 얼굴은 눈물과 콧물이 범벅이 된 채 퉁퉁 부어 있었지만 원래 인간 같지 않은 미모에 인간미가 더해져 더욱더 예쁘다고 할까. 나도 모르게 감상을 말하지 않을 수 없었다.

"너, 정말 예쁘구나."

"아!"

정해랑은 나의 말에 정말 놀란 듯 그대로 침묵해 버렸다.

그런 가운데 나의 손에 들려진 투구는 괴력에 의해 찌그러졌고 이어 나의 손에 의해 타락한 성기사의 갑옷은 고철로 변해 버렸다.

"가슴이 있었다면 완벽했을 텐데……."

나는 아무 생각 없이 정해랑의 가슴을 주물렀다.

물컹!

"어라?!"

"으응……."

정해랑은 전혀 저항하지 않은 채 요상한 신음을 토해내는 가운데 창주주가 방긋 웃는 얼굴로 앞으로 나섰다.

"좋은 시간 망쳐서 죄송합니다."

창주주의 말에 나는 재빨리 정해랑의 가슴 위에서 손을 거둔 후 고개를 내저었다.

"아니, 별로."

무지 당황한 참이었는데 말을 걸어줘서 도움이 되었다.

창주주는 싱긋 미소를 지으며 말을 이었다.

"타락한 성기사를 격파한 사실은 정말 놀라운 겁니다. 그러면 제 차례인 겁니다."

창주주는 그렇게 말하며 안대를 벗자 안대 밖으로 드러난 눈동자를 통해서 은색의 섬광이 번뜩였다.

"지금 무슨 수작을!"

나는 소리치며 은색의 섬광을 뚫고 달려가 창주주의 목을 틀어쥐었다.

차마 목뼈를 부러뜨리진 않았지만 그래도 숨을 쉬는 건 어려울 터인데 창주주는 아무렇지 않다는 듯 입을 열어 말했다.

"저에게 폭력은 통하지 않는 겁니다."

어떻게 말을 하는 거지?

그보다 위험한 느낌이 든다.

나는 본능이 시키는 대로 목을 틀어쥔 손을 움직여 창주주의 몸을 공중에 들어 올렸다가 그대로 지면에 내팽개쳤다.

짜아앙!

폭음과 함께 창주주의 몸이 지면에 충돌하였고 그 반동으로 공중으로 한 번 튕겨 올랐다가 다시 지면에 떨어졌다. 평범한 사람이라면 전신이 바스러진 채로 절명했을 무지막지한 공격이었지만 창주주는 평범한 이가 아니었다. 그녀의 말이 사실이라면 백 년 이상을 살아온 불사신인 것이다.

"정말 불사신인 건가?"

나의 의문은 금방 풀어졌다.

창주주는 지면에 누워 있는 채로 고개만을 돌려 나를 바라보며 말했다.

"저는 괜찮은 겁니다. 정말로 불사신이에요."

"그렇군. 그럼 어떻게 하면 불사신을 죽일 수 있지?"

당사자에게 물어봐도 대답하지 않을 것이라 생각했지만 창주주의 독특한 성격상 혹시 모르니 불사신의 살해 방법에 대해 질문해 보았다.

진정한 의미로 불사신은 존재하지 않는다. 어떤 생명이든 물건이라도 언젠가는 끝을 맞이해 사라진다. 그저 쉽게 죽지 않고 오래 살 수 있을 뿐이다. 라고 역시 불사신의 일종인 혈영이 불사에 대해 말한 적이 있었다.

"글쎄요? 급소를 찌르면 죽지 않을까요?"

"급소를 찌르면 죽는다고? 전신이 으스러질 정도로 지면에

패대기쳐졌음에도 죽지 않는 네가 할 말이냐!'

역시나 제대로 된 답을 듣지 못해 나도 모르게 소리를 지르고 말았다.

상반신을 일으킨 창주주는 소리치는 나의 모습에 정말 미안하다는 표정을 지으며 고개를 숙여 사과하였다.

"화가 나셨다면 죄송합니다. 하지만 거짓은 아닌 겁니다. 정말입니다. 믿어주세요."

창주주가 그렇게까지 말하니 정말로 거짓말이나 나를 놀리는 것은 아닌 것 같았다. 그렇다면 정말로 급소를 찌르면 죽는다는 것인데. 특별한 곳에 있는 건가?

"그래서? 급소가 어딘데? 설마 평범한 사람도 똑같은 건 아니겠지?"

창주주는 손을 들어 내 등 뒤를 가리켰다.

"저기입니다."

"어이, 너무 뻔한 수작이잖아."

"수작 아닙니다. 뒤를 보세요."

"흥!"

코웃음 치며 무시하려는데,

쿵!

하는 굉음과 함께 지축이 흔들렸다. 굉음은 창주주가 가리킨 등 뒤에서 들렸다.

"설마?!"

“위험해!”

정해랑의 다급한 외침과 함께 무지막지한 충격이 나의 몸체에 가해졌다.

꽈아앙!

“커억!”

과거 천마지존이나 영영과 싸웠을 때보다 큰 파괴력을 느끼며 공중으로 떠올랐다.

뭐지?! 무슨 일이 일어난 거지?

공중에 뜬 상태로 전신이 으스러진 것 같은 고통을 참으면서 눈동자를 움직여 공격한 것이 무엇인지 살펴보았다.

흙이나 바위 혹은 자잘한 자갈 같은 것으로 만들어진 대략 위로만 십 척(3미터)이 아니라 십 장(30미터)은 충분히 될 것 같은 정말로 거대한 거인이었다.

“뭐야? 저건?!”

거대한 거인이 태어난 곳으로 보이는 지면은 붕괴되어 커다란 구멍이 생겨났고 이 일대의 정파인 마도인 가리지 않고 엄청난 혼란에 빠진 채 사방팔방으로 도망치고 있었다.

창주주만이 여유로운 동작으로 흙거인이 바닥에 내려준 손바닥 위에 올라타 어깨 위로 올라가 앉은 후 자신이 타고 있는 흙거인에 대해 설명하였다.

“이것이 연금술사로서 저의 힘입니다. 저를 죽일 수 있는 급소인 겁니다. 자! 그럼 저랑 싸우는 겁니다.”

그동안 온갖 괴물 같은 것들을 상대해 왔지만 아무리 덩치가 커도 구 척은 넘지 않았다.

그런데 창주주가 소환한 흙거인은 높이만 십 장이 넘고 둘레조차 삼 장 이상은 되어 보였다.

눈앞에 산이 있는 것이나 마찬가지다.

아무리 나라도 어떻게 상대해야 할지 막막하기 그지없었다.

정마 간의 싸움도 유야무야되었으니 도망쳐 버릴까.

고민하는 것도 잠깐!

눈앞에 집채만 한 흙거인의 주먹이 다가오고 있었다.

“윽!”

신음을 토해내며 흙거인의 주먹에 맞서 나 역시 주먹을 내질렀다.

금강파천(金剛破天)!

꽈꽈꽝!

폭음과 함께 금강불괴조차 파괴할 일격은 흙거인의 주먹을 간단히 분쇄시켰다.

하지만 흙거인의 주먹이 부서져도 팔 부분이 남아 있었다. 흙거인에게 있어서 주먹이나 팔이나 별반 차이가 없었다.

꽈아앙! 와르르르!

나는 흙거인이 날린 일격에 무지막지한 압력을 느끼며 그대로 흙더미 속에 매장되었다.

"크윽!"

나는 신음을 토해내며 물에서 헤엄을 치듯 괴력으로 흙더미를 헤치며 밖으로 간신히 빠져나왔지만 흙거인의 거대한 발이 나의 몸 위로 떨어지고 있었다.

"젠장!"

나는 욕설을 내뱉으며 바닥에 엎드린 자세에서 환영무유보를 사용하였다.

파앙!

파공음과 함께 나의 육신은 공간을 뛰어넘으며 흙거인의 머리 위에 도착했다. 흙거인이 아니라 창주주를 치기 위해서였다.

"어머나. 놀랐습니다."

창주주는 나를 발견하고 싱긋 웃더니 흙거인의 몸 안쪽으로 들어가 사라졌다.

"도망치지 마!"

나는 소리치며 창주주가 들어간 부위를 힘껏 후려쳤다.

꽈아앙!

나의 주먹에 폭발이 일며 흙과 돌 등의 파편이 치솟았지만 창주주의 모습은 보이지 않았다. 한편 흙거인은 자신의 거대한 손을 움직여 파리를 쫓듯이 몸에 올라탄 나를 힘껏 내리쩍었다.

"큭!"

나는 재빨리 흙거인의 몸 위에서 뛰어내려 흙거인의 손바닥을 피하였다.

꽈쾅!

폭음과 함께 하늘 위에서 엄청난 양의 흙과 돌의 비가 쏟아졌다.

흙거인이 자신의 손으로 자신의 몸을 박살 낸 것인데, 지면의 흙을 빨아들이면서 순식간에 복원해 버렸다.

흙거인을 올려다보는 나로선 실로 기가 막힐 뿐이었다.

“때려부수는 결론 안 될 것 같군. 역시 창주주를 찾아야 하겠는데 넘어뜨려 볼까.”

그렇게 결론을 내린 나는 암화구천마경 중에서 흙거인을 상대로 싸우기에 적당한 마공을 떠올려 보았다.

마경술(魔勁術)!

주변의 기(氣)를 자유자재로 다루는 마공!

수법 자체는 격공장과 비슷하지만 궁극에 이르렀을 때의 범용성과 파괴력은 암화구천마경 중에서 당연 최고라 할 수 있었다.

다만 위력을 높일수록 시간이 오래 걸리는 것이 단점이었는데 덩치가 큰 만큼 느릿느릿한 흙거인을 상대로는 사용할 수 있을 것 같았다.

과연 흙거인에게 통할지 어떨지 모르겠지만 시험해 보면 알 수 있겠지.

각오를 다진 나는 몸 안의 내공을 포함해서 주변에 존재하는 기(氣)까지 한계까지 끌어 모으기 시작했다.

구구구구구!

주변의 대기가 나의 뜻에 따라 살아 있는 것처럼 요동치며 먹구름처럼 몰려드는 동시에 막대한 양의 기(氣)가 나의 양 손바닥 안에 모이기 시작했다.

그 때문인지 대지 또한 불안정해져 살짝 지진이 일고 있었다.

"이 기술에 이름을 붙인다면……."

마황포(魔皇砲)!

엄청난 양의 기로 이루어진 정말 거대한 격공장이 나에게 주먹을 날리려 하는 흙거인을 향해 발사되었다.

꽈아앙!

처음 금강파천으로 받아칠 때와 달리 흙거인의 주먹뿐 아니라 상반신 전체가 산산이 분쇄되어 사방으로 흩어졌다.

흙거인의 몸 안에 들어가 숨어 있었던 창주주가 빙그르르 날아가 지면에 처박히는 동시에 은빛 섬광이 번뜩이는 구체가 나타났다.

은빛 구체의 정체는 다름 아닌 철학자의 돌.

창주주의 스승인 일대 연금술사가 만들었던 연금술의 근원이자 이치였다.

그 힘을 바탕으로 창주주는 불사신이 될 수 있었다. 높이만 십 장이 넘는 거대한 흙거인을 만들어낼 수 있었던 것이다.

"저게 바로 급소구나!"

나는 소리치며 철학자의 돌을 부서 버리려 하였지만 마황포를 사용하느라 몸에 힘이 들어가지 않아 제대로 움직여지지가 않았다. 그에 반해 창주주는 비틀거리면서도 몸을 일으키더니 철학자의 돌을 향해 손을 내뻗었다.

철학자의 돌은 살아 있는 것처럼 원을 그리더니 창주주가 내민 손으로 돌아갔다.

"아무래도 저의 승리인 겁니다."

창주주가 자신의 승리를 장담하며 미소를 짓는 그 순간이었다.

황금빛의 검이 빠른 속도로 날아와 창주주의 손에 도달하기 직전의 철학자의 돌을 꿰뚫었다.

파아앗!

철학자의 돌은 그대로 산산조각나며 은색의 먼지가 되어 흩어졌다.

"이럴 수가……."

창주주는 눈앞에서 철학자의 돌이 부서진 사실에 망연자실한 가운데 황금빛 검은 나의 앞에 착지, 그 실체를 드러냈다.

나의 제자 산산이었다.

"사부님, 무사하세요?"

그렇게 말하는 산산은 당문천이 나에게 만들어 선물해 준 갑주를 착용하고 있었는데 갑옷은 사실 그렇게 중요하지 않았다. 머리카락은 물론 눈동자에서 황금빛 광채가 이글거리고 있었던 것이다.

"그 꼴은 뭐냐?"

"사부님도 만만치 않아 보이네요."

산산의 말대로다. 확실히 현재의 나의 모습은 핏빛의 머리카락에 눈동자를 가지고 있어 섬뜩하기 그지없었다. 어쨌든 산산 덕분에 싸움은 끝난 것 같았다.

"더 싸울 거냐?"

나의 물음에 겨우 정신을 차린 창주주는 고개를 내저었다.

"아니요. 저의 패배인 겁니다. 철학자의 돌이 없는 이상 그저 나이 많은 할머니일 뿐입니다."

스스로를 할머니라 말하고 있었지만 창주주는 전혀 늙거나 하진 않았다. 불사와 달리 불로는 달리 방법이 있는 것 같았다. 그래도 흙거인을 만들거나 하는 황당한 짓을 하진 못할 것이다.

무림맹과 정파의 고수들은 검후에 의해 물러난 지 오래였고 마교와 마도인들도 창주주가 흙거인을 소환하여 일으켰을 때 큰 혼란에 빠져 도망쳐 버렸다. 이 주변에 남아 있는 이들은 나를 포함해서 그야말로 극소수로 다들 흙거인의 등장에 얼이 빠져 있었다. 참고로 혈마와 흡혈귀 희희는 도망쳤는지 혹은 흙더미에 깔려 죽었는지 보이지 않아 그것이 마음에 걸렸다.

"내가 이런 굴욕을 당하다니! 반드시 되갚아주겠다."

마황 백무용에게 당한 후 흡혈귀 희희와 창주주의 비호로 겨우 도망치는 것에 성공한 혈마는 이를 갈며 훗날 복수할 것을 다짐하였다.

금강파천에 의해 혈형마공의 핵심이 되는 심장이 멈추어 낭패를 보았지만 방심하지만 않았다면 결코 지지 않을 자신이 있었다. 지옥에서 얻은 악마의 힘도 있었고 그 힘을 갈고 닦으면 마도제일은 물론 천하제일의 고수라 해도 무방했다.

"후후후. 마도 최강이라는 천마지존도 수십 년의 세월을 기다려 쓰러뜨린 몸이시다. 천마지체의 재능만 믿고 잘난 척하는 애송이쯤 충분히 쓰러뜨릴 수 있다."

혈마는 일단 흩어져 버린 마도인과 마교의 전사들을 다시 규합시킬 생각으로 만약의 경우 모이기로 했던 집결지로 향하였다.

하나 혈마는 그곳에서 두 번 다시 만나기 싫은 괴물과 대면하고 말았다.

집결지는 깊은 산속에 위치한 산채로 본래 그곳에 살았을 산적들은 무림과 관계되었다는 이유로 모조리 죽여 버려 현재는 텅 빈 상태였다.

혈마는 산채에 도착하여 입구에 들어서는 순간 허공 가득
울려 퍼지는 웃음소리를 듣게 되었다.

"아하하하하하하!"

광소와 함께 하늘에서 뚝 떨어진 듯 혈마 앞을 막아선 이는
아직은 성숙하지 않은 소녀 영영이었다.

혈마는 계집아이의 심상치 않은 등장에 눈살을 찌푸리면
서 혈형구현화로 만든 낫을 휘둘렀다.

"네가 누군지 모르겠지만 죽어라."

평소라면 살인을 행하며 신나게 웃음소리를 터뜨렸겠지만
옛 제자에게 낭패를 당하여 도주하였기에 그럴 기분은 아니
었다.

까앙!

혈마의 핏빛의 낫은 쇳소리와 함께 불가시의 방벽에 가로
막혔다.

"뭐야?!"

혈마는 자신의 공격이 실패한 사실에 황당해하며 더욱더
눈살을 찡그렸다.

눈앞에 벌어진 상황. 전에도 비슷한 것을 경험하였지만 눈
앞의 계집아이와 연관시키기 어려웠다.

왜냐하면 천마지존이 가지고 있는 능력 중 하나인 금강용
린이기 때문이다.

영영은 혈마의 마음을 아는지 모르는지 신난다는 듯 웃음

을 터뜨리며 검지를 들어 혈마를 가리켰다.

"하하하! 네가 혈마라는 애송이냐? 눈동자나 머리카락이 피처럼 붉은 것이 혈마가 맞는 것 같은데."

혈마가 느끼는 황당함은 극에 이르렀다. 동시에 선천적으로 타고난 살기가, 아니, 살육 충동이 치솟아올랐다.

"이 조그만 계집애야! 지금 뭐라고 지껄이는 거냐?!"

혈마의 살기 가득한 말에 이번엔 영영이 분노하였다.

"너어! 감히 나에게 작다고 말하다니! 혈마가 아니어도 죽여줘야겠구나."

"흥! 죽이긴 누가 죽인다고 말하는 거냐! 내가 너를 죽여버리겠다."

"문답무용!"

영영은 더 이상 말이 필요없다는 듯 혈마를 향해 달려들며 주먹을 날렸다.

혈마는 영영의 주먹 따위 가볍게 피하면서 안면에 패력혈강장을 가하려 했는데 영영의 움직임이 생각했던 것보다 빨랐다.

피하는 건 늦었지만 막을 수는 있다.

처음의 생각을 바꾸어 주먹을 막아낸 후 안면에 패력혈강장을 먹인다.

의기양양한 태도로 손바닥을 내밀어 영영의 주먹을 받아냈다.

꽈앙!

폭음과 함께 혈마는 순간적으로 기억이 사라졌다.

겨우 정신을 차렸을 땐 공중에 떠 있는 채로 영영의 주먹을 받아낸 오른손이 산산조각났다는 것을 알게 되었다. 격렬한 고통이 뒤늦게 찾아왔다.

"크윽!"

혈마는 비명을 터뜨리고 싶었지만 신음만으로 참아내었다.

지금 겪는 고통은 전에도 수없이 겪어왔던 것이다. 겨우 팔이 날아간 정도로 무너질 혈마가 아니었다. 하지만 이후에 가해진 충격은 예상하지 못하였다.

"집채만 한 바위다!"

영영의 외침이 끝나기 무섭게 혈마보다 더욱 높은 곳에서 말 그대로 집채만 한 바위가 떨어졌다. 영영이 도대체 어디에서 구한지 알 수 없는 거대한 바위를 들고 뛰어올랐다가 혈마를 향해 내리찍은 것이다.

"뭣!?!"

혈마는 그 이상 말을 잇지 못하였다. 바위와 충돌하며 바위와 함께 지면에 떨어져 처박혀 버린 것이다.

꽈꽝!!

"크하하하하하!"

영영은 공중에 뜬 채로 바위와 함께 지면에 처박힌 혈마를 보며 광소하더니 다음 순간 빠른 속도로 하강하며 지면에 깊숙이 박힌 바위를 향해 주먹을 내밀었다.

떨어지는 영영의 전신에 용의 형상이 생기면서 주먹과 바위가 충돌하였다.

꽈꽈꽝!!

폭발과 함께 바위는 산산조각나며 그 아래에 누워 있었을 혈마가 엄청난 양의 피를 뿌리며 튕겨 날아올랐다가 다시 지면 위에 떨어졌다.

"크어억!"

영영은 전신이 발로 밟아 누른 삶은 감자처럼 으깨진 채 고통스러워하는 혈마를 내려다보며 궁금한 것을 물어보았다.

"내 주먹맛은 어때?"

혈마는 원래 피처럼 붉은 눈동자가 충혈되어 흰자까지 붉어져 버린 눈으로 노려보며 말했다.

"계… 집… 애. 네… 년의 정… 체가 대체 뭐… 냐?"

자신에게 가한 압도적인 폭력과 능력은 실로 범상치 않은 것이었다.

혈마의 몸 안에도 악마가 존재하고 있지만 저 소녀 또한 악마 혹은 마선, 그에 준하는 힘있는 존재일 것이다.

"내 이름은 영영. 몇 달 전 너에게 큰 상처를 입고 쓰러졌던 천마지존 갈석천의 누나이기도 하지."

동생의 복수를 위해 추적했고 당문천의 도움을 받아 혈마가 있을 곳을 파악하여 기다리고 있었다.

"뭐라고?!"

혈마는 영영의 입을 통해 나온 실로 믿기 어려운 황당한 사실에 입을 크게 벌렸다.

꼬마애가 무슨 헛소리를 하고 있는 것인가?

영영은 놀란 혈마를 보곤 히죽 웃으며 말을 이었다.

"그러니까 나는 누나로서 동생을 죽일 뻔한 너를 두들겨 팰 생각이야. 죽을 때까지."

영영은 다짐을 하듯 말하며 주먹을 들어 피투성이가 된 채 누워 있는 혈마의 머리를 내리찍으려 하였다.

영영의 가진 힘을 보건대 혈마의 머리는 수박처럼 박살날 것이다.

혈마도 그걸 알고 영영의 주먹이 날아오기 전에 먼저 선수를 쳤다.

"어림없다! 죽어!"

혈마의 살기 어린 외침과 함께 사방에 뿌려졌던 피들이 공중으로 치솟으며 날카로운 송곳의 형태가 되어 영영을 향해 날아갔다.

삼무성의 한 명 검왕 남궁곤을 죽였을 때 사용했던 수법이었다.

혈강관(血剛貫).

그 위력은 단순히 내공이 실린 피가 아니라 검강을 더욱더 압축한 것과 같아 그것이 무엇이든 꿰뚫을 수 있었다.

실제로 영영의 전신을 보호하는 불가시의 방벽인 금강용
린을 꿰뚫고 피부의 표면에 도달했다. 유감스럽게도 혈강관
의 관통력은 그것으로 끝나 버렸다.

영영의 피부 위엔 어느샌가 용의 비늘이 돋아나 혈강관을
막아낸 것이다. 하나는 뚫을 수 있어도 두 개는 역부족이었던
것이다.

꽈직!

영영의 주먹이 혈마의 머리통을 박살 내었다.

혈마는 자신의 비장의 술책이 실패했다는 사실을 깨닫지
못한 채 죽음을 맞이해 버렸다.

평생을 걸쳐 해왔던 업에 비한다면 깨끗한 최후였다.

혈마의 죽음을 끝으로 마법사의 제자 혹은 그 힘과 유지를
이어받은 육망성은 전원 사망했거나 전의를 상실해 버렸다.

흡혈귀 희희는 밤이 되면서 백무용에게 입었던 상처를 전
부 회복한 것은 물론 흡혈귀로서 가진 모든 능력을 사용할 수
있게 되었으나 육망성 전원이 쓰러지자 싸울 의욕을 상실하
고 고국으로 돌아갔다.

이후 흡혈귀 희희는 서양의 대륙에서 어둠의 여왕으로 불
리며 마법사를 대신하여 뒤쪽 세계를 군림하게 되지만 이건
또 다른 이야기.

막간.

"뭐야, 끝나 버렸잖아."

과거에 한 번 버렸었던 낭인왕이 되어 그동안 사귀었던 친한 친구들과 부하들을 끌어 모아 이끌고 전장에 달려왔는데 싸움이 끝나 버린 사실에 어이없다는 표정을 지었다.

"대장의 아드님이 정말 대단하더군요."

아들을 지키기 위해서 무림맹에 고용된 낭인집단에 집어넣었던 남자가 정말 감탄했다는 듯 말하였다.

낭인왕은 마땅치 않다는 듯 코웃음 쳤다.

"흥! 나에 비하면 아직 멀었어."

낭인왕의 말에 남자는 피식 미소 짓는다.

"아직 먼 것치곤 무공은 상당한 수준이던데요. 삼무성조차 쓰러뜨리지 못했던 마인들을 연거푸 쓰러뜨렸습니다. 가히 무신이라 불러도 될 겁니다."

"흐흥! 무공 따위 의미없는 거다. 중요한 것은 정신이지. 절대 굳히지 않는 신념이랄까. 녀석에겐 그런 게 부족해."

"신념 따위 없으면 뭐 어떻습니까. 세상 대부분의 사람들은 그런 거 없어도 잘살고 있습니다. 어쨌든 대장님의 아드님이 마도인들에게 마황으로 불리는 것을 보아서는 장차 마도를 지배하는 이가 될 것 같습니다."

"정의의 협객이 되겠다는 놈이 마도의 지배자가 되다니.

정말이지 어이가 없어. 신념이 없다는 증거지.”

“후후후. 세상살이가 다 그런 거 아니겠습니까? 대장님이야말로 무림 밑바닥 최강의 고수인 낭인왕이었다가 사천당문 가신 가문의 데릴사위가 되어 백수생활을 하지 않았습니까?”

“그거야 내가 결정한 거지. 사랑하는 여인을 만났기도 했고. 흠흠.”

부끄러운 듯 헛기침을 하는 낭인왕의 말에 남자는 놀란 표정을 지었다.

“알고 보니 그게 그렇게 되었던 거였군요. 저는 백수생활을 하고 싶어서 장가를 간 줄 알았습니다.”

“으음. 그건 어쩌다 보니 그렇게 된 거지. 결코 백수가 되고 싶은 마음은 없었다고.”

“예. 잘 알겠습니다.”

“어쨌든 싸움이 끝났다니 이만 돌아가서 오랜만에 술이나 마시자.”

“헛고생을 한 것 같지만 대장님이 술을 사신다면야. 그런데 그 표정은 대체 뭡니까? 설마!”

“후후후. 내가 돈이 있을 것이라 생각했나? 나는 백수라고. 돈이 있을 리가 없잖아. 술을 사는 건 너희들이다!”

“……”

第十章
최후의 싸움

    마법사의 제자라는 육망성을 모조리 쓰러뜨리는 것을 끝
으로 무림에 평화가 찾아왔다.
    마교와 마도인들은 마황인 나의 말에 따라 무림정복을 포
기하고 물러났다.
    싸움의 선두에서 진두지휘했던 혈마는 실종되었고 마교의
교주는 귀신이 빠져나간 듯 예전과는 전혀 다른 사람이 되어
버렸다.
    철학자의 돌을 잃은 후 항복해 버린 창주주의 말에 의하면
알게 모르게 마교주를 지배해 왔던 육망성의 괴물들이 사라
져 호전성이 사라진 것이라 하였다.

천마지존은 병석에서 일어났으나 나에게 모든 걸 맡긴 후 돌연 은퇴를 선언하고 모습을 감추었다.

나는 나의 운명을 인정하고 마황이 되어 난폭한 마도인들을 지배하여 폭주하지 않도록 억눌렀다.

예전에 천마지존이 했던 것과 같은 일이었는데 나의 힘에 의해 죽음의 저주에서 벗어난 정해랑과 서서히 본래의 종리혜의 정신을 되찾아가는 혈영을 포함해서 나를 흠모하며 따르는 여러 사람들의 도움으로 그렇게 힘들거나 골치 아프진 않았다.

종교적으로도 크게 안정되어 힘이 빠진 마교의 교주는 물러나고 평화주의자인 성녀를 주축으로 하나가 되었다.

특별한 일이 생기지 않는 한 큰일은 생기지 않을 것이다.

한편 무림맹을 포함한 정파인들이 마교와 마도인들이 저질렀던 일에 대해서 복수를 하지 않을까 우려했지만 다행히도 마교와 마도인이 보여주었던 막강한 힘을 기억하고 있었기에 복수할 생각을 하지 않았다.

마교와 마도인에 대한 악명은 더욱더 높아져서 훗날 어떻게 될지 모르겠지만 훗날 일어날 일일 테니 나중에 고민하도록 하자.

무림맹이 복수를 하지 않은 이유 중 하나는 당문천이 정파의 사람들을 잘 조정하여 싸움을 막아주었기 때문이었다.

싸움이 끝난 후 당문천은 자신의 가문이나 사설조직과는

별개로 무림맹의 일원이 되었는데 더럽고 치열하기 그지없다
는 정치싸움 끝에 약관의 나이에 정적들을 모두 물리치고 맹
주의 자리에 올라섰다.

최연소 무림맹주의 탄생이었다.

사천당문 역사상 최초이기도 하였다.

별호도 바뀌어 신기(神技)가 아닌 독황(毒皇) 당문천으로
불리었다.

사천당문을 이끄는 가주이긴 하지만 독을 잘 쓰지 않음에
도 독황이라 불리게 되다니. 사람들이 가지는 편견이란 참 무
섭다는 생각이 들었다.

사파 쪽에서도 야왕이란 이름으로 지배하고 있으니 마도
를 제외한 모든 무림을 지배하는 황제나 다름없었다.

시간은 흐르고 나도 철없는 어린애에서 어른이 되었다.

어른이 되었다고 하지만 실감은 나지 않는다. 그저 나이를
먹었으니 어른이라 불러도 되지 않을까, 스스로 생각할 뿐이
다.

어린애에서 어른이 되는 동안 마도에서도 무림에서도 크
고 작은 싸움과 소동은 일어났지만 무림의 존망을 걸 정도의
사건은 일어나지 않았다.

마법사의 제자인 육망성은 더 이상 나타나지 않았고 중원
무림은 물론 세외에서도 무림정복을 노리는 세력은 적어도

내가 아는 한 나타나지 않았다.

그저 그런 세력들이 나타나 작은 소동을 일으켰다가 허무하게 사라지거나 혹은 자리를 잡거나 그런 일 등이 반복되며 평화롭게 시간이 흐를 뿐이었다.

전대 검후의 뒤를 이어 검후가 된 산산이나 미친 듯이 웃으며 싸운다고 하여 광소투희(狂笑鬪姬)로 불리는 영영 등이 싸울 땐 그야말로 천재지변이 일어나긴 했지만 몇 달에 한 번씩 있는 흔치 않은 일이었고 인적이 드문 곳에서 싸우기에 세상엔 그리 알려지지 않았다.

둘의 싸움으로 인해 진짜 문제가 일어날 시엔 내가 직접 나서서 말리면 되니 그리 큰 걱정은 되지 않았다.

마를 제거하여 내공심법으로서는 불완전한 형태가 되고만 혼원심공을 가르쳤으나 하늘이 내려준 무의 재능, 천무지체의 힘으로 부족한 부분을 채워 넣어 자신만의 최상승의 무공을 완성하여 무신의 경지에 올라선 검후(劍后) 산산.

"진작 죽여야 했어. 지금이라도 늦지 않았어. 이번은 절대 용서하지 않고 죽여 버리겠다."

신과 같은 힘을 주었던 용의 내단을 동생을 살리기 위해 포기함으로써 용이 가진 진정한 힘을 얻게 된 광소투희(狂笑鬪姬) 영영.

"아하하하하하! 너와 다시 싸울 수 있게 되다니. 정말 즐거워! 즐겁게 놀자!"

괴물 같은 둘을 상대로 내가 뭘 그렇게 자신만만하냐고 생각하는 이들이 많을 터인데 자신만만할 수밖에 없는 이유가 있었다.

암화구천마경을 완성한 것이다.

예전 절대천마가 천마지존을 상대로 나의 몸을 통해 마황을 강림시켰음에도 한 번에 하나의 마공밖에 사용하지 못했던 것과는 차원이 다른 진정한 합일의 경지에 이르렀다.

괴물 중의 괴물인 두 명을 한꺼번에 전부 상대하는 건 힘들겠지만 진검승부를 하는 것도 아니고 싸움을 말리는 정도는 할 수 있었다.

여기서 암화구천마경을 완성했던 날의 이야기를 하지 않을 수 없다. 그날 현실에선 처음으로 마법사와 대면하게 된 날이기 때문이다. 세상에 알려지지 않았던 무림의 존망을 건 마지막 싸움이기도 하였다.

나 외에는 아무도 없는 폐관수련실에서 암화구천마경을 완성하는 순간 마법사가 기척도 조짐도 없이 나타나 산책을 하다가 만난 것처럼 나를 향해 말을 걸어왔다.

"오랜만이군."

"당신은?!"

나는 마법사의 등장에 놀란 나머지 주화입마에 빠질 뻔하였으나 간신히 멈추고는 경계 가득한 눈으로 마법사를 노려보았다.

“당신, 여기엔 어떻게 나타난 거지?”

예전 환상 세계에서 만났을 때는 존장의 예의로 존대해 주었으나 지금의 나는 마황으로서 많은 이들 위에 군림하는 존재였고 마법사는 과거 무림을 멸망시키려 했었던 육망성의 스승이었기에 말을 낮추었다.

“나는 마법사. 내가 갈 수 없는 곳은 없지.”

“그럼 질문을 바꾸어서 내 앞에 왜 나타난 거지?”

“과거의 약속을 지키기 위해서랄까?”

“절대천마와의 약속을 말하는 건가?”

“그렇지. 그와의 약속이다.”

“무림을 멸망시킬 생각은 사라졌다고 하지 않았나?”

“물론 그렇게 말했지. 하지만 그것과 과거의 약속은 별개의 문제. 또한 사람으로서 변덕이 생길 수도 있지.”

“당신 같은 초월자도 평범한 사람들처럼 변덕이 생기는가?”

“마법사는 이상을 추구하는 존재. 추구하는 이상이 사라져 무념무상이 되면 신이 되고 욕망에 치우치게 되면 악마가 되어버리지.”

“고작 그런 이유로 싸울 생각인가?”

“나쁘지 않겠지.”

“흥!”

아무래도 마법사와의 싸움은 피할 수 없을 것 같았다.

하지만 과거와 달리 불안을 느끼진 않는다.

과거 절대천마가 마법사를 쓰러뜨리기 위해 만들었던 암화구천마경을 완성했기 때문이다.

지금의 나는 마법사는 물론 일대일이라면 이 세상 누구에게도 지지 않을 것이다.

"좋아! 마황으로서 마법사인 당신과 싸우도록 하겠다. 그것보다 당신이 나타날 줄이야. 생각지도 못한 일이었다고."

어쩌면 나 자신이 마법사가 아닐까, 생각했었다.

혹은 당문천이 마법사일 가능성도 있었다.

나의 생각에 마법사는 재미있다는 듯 웃으며 말했다.

"후후후. 당문천이라는 친구는 제법 재능이 있고 어둠을 가지고 있지만 나는 아니었어. 그 친구는 그 친구 나름의 이야기가 있지."

마법사의 말대로였다.

당문천이라면 마황이라 불리지만 여러 가지 의미로 일 처리가 무른 나보다도 더욱 치열하면서도 재미있는 이야기가 펼쳐질지도 모른다.

사람들은 압도적인 힘을 가지고 뛰어난 지략을 가진 주인공이 자신보다 월등히 약하고 멍청한 다수의 약자들을 괴롭히는 이야기를 좋아하니까 말이다.

비슷한 이야기가 몇 번이고 계속되면 식상하겠지만.

그래도 나의 이야기보단 낫겠지.

"우리들의 이야기를 지켜보는 이들에겐 이것도 일종의 반전이라고 할 수 있겠지."

마법사는 그렇게 말하며 손가락을 튕겼다.

"그럼 싸울 만한 장소를 마련해 주지."

본래 폐관수련실이었던 주변은 꿈속 환상 세계에서 익숙하게 경험했던 따듯한 태양 빛이 내리쬐는 들판이 되었다.

"뭐냐?! 어째서 이런 공간이?!"

마법사는 별거 아니라는 투로 대답했다.

"마법으로 공간을 이동시켰을 뿐. 그리 놀랄 필요는 없네."

"놀라지 않을 수 없잖아. 마법은 이런 말도 안 되는 일도 할 수 있는 건가?"

나 혼자라면 지금과 다른 공간으로 뛰어넘어 이동하는 건 가능하지만 공간 자체를 바꿀 수는 없다.

마법사는 내가 하지 못하는 일을 당연하다는 듯 해낸 것이다.

으으. 충만했던 자신감이 사라지려 하는데.

"중원무공에 비해서 범용성이 높을 뿐이야. 중원무공의 원류라 할 수 있는 선술에도 존재하는 능력 중 하나이지. 단순 파괴만을 본다면 무공이라는 것도 나쁘지 않아."

"확실히 무공은 파괴를 위한 힘이니까."

죽이는 검이 아닌 살리는 활검이니, 평화를 지켜주는 무공이니, 어쩌니 헛소리를 하는 이들도 있는데.

그럴 리가 없잖아!

아리따운 선녀가 노니는 천상의 계곡에서 살다 온 건가?

설사 사람을 죽이거나 다치지 않는다 하더라도 자신의 방어를 위해 소중한 이를 지키기 위해서 상대방의 움직임의 자유를 억압하는 것은 선악과 별개로 일종의 폭력이자 파괴인 것이다.

그런 이유로 나는 마법사의 말을 부정하지 않았다.

뭐, 아무래도 상관없는 일이다. 지금부턴 마법사와의 싸움에 온 신경을 정신을 집중해야 한다.

마법사는 양손을 활짝 펼치며 말했다.

"싸울 준비는 되었는가?"

"그래, 준비되었다."

"이것이 우리들의 이야기라면 마지막 싸움일 테니. 시시하게 끝내지 말자고. 요즘 이야기는 마지막이라고 첫 한 방, 한 수 만에 어이없이 끝나 버리는 싸움이 너무 많아 실망인 참이야."

"그래! 전력을 다해 싸워보자!"

나의 대답을 신호로 싸움은 시작되었다.

"우오오오!"

우렁찬 괴성과 함께 나는 내가 말했던 대로 전심전력을 다하여 마법사를 향해 몸을 날렸다. 마법사가 우직하게 정면에서 맞서주면 좋고 설사 피한다 해도 그것대로 상관없었다.

"마법방벽(魔法防壁)."

마법사의 주문과 함께 반투명한 벽이 나타나 나의 앞을 막아섰다.

완전한 용의 힘을 사용하는 영영의 금강용린과 비견될 방어력이었지만 그게 어쨌단 말인가?

금강불괴를 깨부수는 금강파천이 암화구천마경의 완성으로 수백 배로 강화된 지금 깨부수지 못하는 것은 이 세상에 없다.

만약 자신이 공격하는 모든 것을 막아내거나 혹은 반사하여 상대방에게 돌려주는 이치나 개념을 가진 최강의 능력이 있다고 하자.

그런 형태가 존재하지 않는 개념의 힘조차 부서 버릴 수 있다.

꽈아앙!

"커억!"

폭발과 함께 마법방벽은 부서지고 마법사의 복부를 가격!

처음 나타났을 때부터 뭔가 있는 것처럼 분위기를 잡던 마법사는 고통에 찬 신음을 토해내며 날아가 들판 위를 굴러 버렸다.

그것도 잠시.

마법사는 재빨리 몸을 일으키며 자신의 몸에 감도는 고통이 너무나도 즐거운 듯 광소하였다.

"하하하하하!! 정말 즐겁구나!"

마법사가 웃는 것과 동시에 그의 등 뒤로 수백 수천에 이르는 화염의 구가 생겨났다.

"싸우면서 즐거운 듯 웃다니. 네가 영영이냐?!"

화염을 일으키는 능력 또한 비슷했다.

영영이 그러면 귀엽기라도 하지, 어른인 남자가 저러니 실로 꼴불견이다. 성차별이라는 건 알고는 있지만 그런 걸 어찌하겠는가.

"가라!"

마법사의 외침과 함께 어느샌가 수만 개로 늘어난 화염의 구가 나를 불태우기 위해 날아들었다. 무공에서는 보기 드문 물량으로 때려 부수는 지극히 마법사다운 공격이었다.

"흥!"

가소롭다는 듯 코웃음 치며 주변의 기(氣)를 모아 날아오는 화염의 구를 받아쳤다.

꽈꽈꽝!!

폭발과 함께 시뻘건 화염이 사방팔방으로 퍼져 나갔다.

"으음."

왠지 숨이 막혀오기 시작했다. 온 사방을 뒤덮은 불꽃이 내 주변의 공기를 소모시키는 것이다.

"내공심법은 호흡에서 시작해서 호흡으로 끝난다는 것은

과언이 아니지. 내공심법뿐 아니라 생물이 살아가는 것에 있어서도 호흡은 불가분한 것. 어떻게 빠져나올 텐가?"

나는 환영무유보로 공간을 뛰어넘어 마법사의 등 뒤에 나타나 마법사의 질문에 대답해 주었다.

"숨을 쉴 수 있는 곳으로 이동하면 되지."

"과연."

감탄했다는 듯 주먹으로 손바닥을 내려치는 마법사를 향해 주먹을 날려주었다.

진(眞) 금강파천(金剛破天)!

황금빛이 감도는 오른 주먹이 마법사의 몸통을 꿰뚫는다.

쫘아앙!!

마법사는 마법방벽을 만들어 자신을 보호하지 못하였기에 전신이 혈육이 되어 흩어지고 말았다.

[복원(復原).]

허공에서 울려 퍼지는 마법사의 주문과 함께 마법사는 처음 나의 앞에 나타났을 때와 같은 모습으로 돌아갔다.

진(眞) 마신검(魔神劍)!

암흑의 불꽃이 깃든 마검이 소환되어 막 복원된 마법사를 베어버렸다.

[베베베베ー 벤다!]

오로지 베겠다는 광기가 담긴 울부짖음이 울려 퍼진다.

궁극의 경지에 도달한 마신검의 참격은 육체는 물론 영혼과 공간마저 베어낸다.

어째서 공간이 베어지는지에 대한 이론이나 이치 따위는 나는 모른다.

공간이 베였다는 결과만이 존재하며 나는 그것을 이용할 뿐이다.

쩌어억!

마신검에 의해 조각난 마법사의 육체는 역시 마신검에 의해 생겨난 공간의 틈새로 빨려 들어갔다.

잠시 후 마신검에 의해 베어진 공간의 틈새는 사라졌다.

마법사는 이 세상에서 사라졌다.

"끝났군."

강적과의 싸움에서 승리의 여운에 잠기는 것도 잠시.

공간의 틈새가 다시 열리면서 그곳을 통해 마법사가 전과 다를 것 없는 모습으로 산책하듯 여유롭게 걸어나왔다.

"허어, 공간의 틈새를 열고 다시 돌아오다니."

기가 막혀하는 나의 말에 마법사는 어깨를 으쓱했다.

"이곳은 내가 자네와 싸우기 위해 준비한 공간이네. 다시 돌아오지 못할 이유는 없지."

"과연."

이해했다.

애초에 이곳은 현실이 아닌 마법사가 만들어낸 공간이다. 공간의 틈새를 만들어 날려 보내봤자 별 의미 없는 것이다.

그것보다 마신검으로 영혼을 베었음에도 죽지 않고 공간의 틈새로 날려 버려도 돌아오는 저 괴물은 어떻게 쓰러뜨려야 하는 거지?

정말로 암화구천마경만으로 쓰러뜨릴 수 있는 것일까?

마법사의 공격에 결정타를 먹지 않았지만 나 역시 결정타를 먹이지 못했다. 아니, 타격조차 제대로 입힌 것 같지 않았다.

절대천마가 뭔가를 크게 착각한 것은 아닐까?

처음만 해도 충만했었던 자신감이 마법사를 상대하면서 점점 사라져 가기 시작했다.

내가 하지 않아도 무신의 경지에 오른 산산과 완전한 용의 힘을 가진 영영.

무림을 포함해서 중원을 음으로 양으로 지배하는 당문천이 나서준다면 어떻게든 물리치지 않을까.

마법사는 약해져 가는 나의 마음을 눈치 챈 것인가?

"부탁이니까. 나와의 싸움을 포기하지 말게."

처음과 다른 엄숙하면서도 간절한 목소리였다.

"젠장!"

나는 욕설을 내뱉으며 암화구천마경의 힘을 사용하였다.

진(眞) 마경술(魔勁術)!

주변의 기(氣)를 지배하여 마법사를 공간째 압착시켜 핏덩어리로 만들어 버렸다. 하지만 전과 마찬가지로 순식간에 원래의 모습으로 복원되었다.

"좋아! 좋아! 이번엔 내 차례야."

마법사는 공간째 압착되어 죽어버린 것에 대한 복수를 하려는 듯 아무것도 없는 공간에 거대한 해일을 일으켜 그것으로 나의 전신을 짓누르려 하였다.

"바보냐!"

나는 너무나도 어이없다는 얼굴로 마법사를 향해 소리치고 말았다.

불이 물로 바뀌었을 뿐 근본적으로 수만 개의 화염의 구와 다르지 않은 수법인 것이다.

나는 환영무유보로 공간을 뛰어넘어 해일을 피한 후 마법사를 향해 입을 크게 벌렸다.

진(眞) 마황후(魔皇吼)!

거대한 음파가 마법사의 전신을 두들겼다.

마황후에 의해 마법사는 몸의 내부가 곤죽이 된 듯 구멍이란 구멍에선 엄청난 양의 피를 쏟아내었다.

영혼조차 찢어발긴다.

생각하는 것도 잠시.

마법사가 쏟아낸 피는 바닥에 떨어지지 않은 채 허공에 거대한 원진을 시작으로 기이한 문양을 만들더니 지옥의 악귀를 연상시키는 흉악한 괴물들을 쏟아내었다.

마법사는 소환마법(召喚魔法)을 사용하여 사람들이 흔히

지옥마계라 부르는 곳에서 살아가는 괴물을 부른 것이다. 소
환할 수 있는 것 중 최강이자 최악의 존재는 악마.

다행히 끔찍하게 생겼을 뿐 악마가 아니기에 사실상 별거
아닌 것들이었지만 그것과 별개로 생리적으로 곤혹스럽다.

"큭!"

나는 신음을 토해내며 이독제독이란 생각에 나 역시 흑영
을 소환하였다.

[부르셨습니까, 주인님.]

암화구천마경의 완성으로 인해 나와 연결된 흑영은 마계
의 악마와 비견될 힘을 가지게 되었다.

"나에게 달려드는 괴물들을 죽여라."

[존명.]

나의 명령에 흑영은 마계의 괴수들을 빠른 속도로 죽여 나
갔다.

마계의 괴수들은 전부 사라졌고 마법사는 입고 있던 의복
조차 본래의 모습으로 복원되어 나를 바라보고 있었다.

"이래선 끝이 안 보이는군."

아직 사용하지 않은 패는 많이 있었지만 그중 무엇을 사용
해도 마법사를 쓰러뜨릴 것 같지 않았다.

"포기하는 건가?"

마법사의 물음에 나는 굳은 표정으로 고개를 내저었다.

"아니. 포기하지 않아. 하지만 이것이 나의 마지막 공격

이다.”

이것마저도 마법사에게 통하지 않는다면 끝이겠지만 해보는 수밖에 없다.

암화구천마경(暗火九天魔經)! 진(眞) 마황강림(魔皇降臨)!

칠흑의 불꽃이 나의 전신을 휘감으며 이 세상 모든 마를 지배하는 마황이 나의 몸 위에 강림하였다. 정확하게는 나 자신이 마황이 된 것이다.

“드디어 본색을 드러내었군. 그럼 나도 전력을 다하도록 하지.”

마법사는 양손을 펼치며 허공에 정체를 알 수 없는 문양이 가득 새겨진 마법진을 만들었다.

아무래도 마황에 맞서 뭔가 대단한 마법을 사용하려는 것 같았다.

물론 그걸 가만두고 볼 내가 아니었다.

마법사를 향해 공격을 가한다.

극(極) 마황각(魔皇脚)!

꽈아앙!

사실 별다른 기교도 없는 평범한 발차기이지만 위력만큼은 최강!

폭발과 함께 마법사의 몸은 갈기갈기 찢겨 흩어졌지만 마법사는 언제 그랬냐는 듯 처음 모습 그대로 복원되었다.

나는 욕설을 내뱉었다.

"젠장! 포기다!"

강하고 약한 것이 문제가 아니다.

장기를 예를 들어, 고심 끝에 결정한 한 수에 간신히 장군을 잡았음에도 새로운 장군이 장기판 위에 나타나는 것과 마찬가지인 것이다. 규칙에 벗어난 이상 어떻게 해도 승부가 나지 않기에 방법이 없다.

잠깐! 장기판이라고?

이곳은 누구의 장기판인 거지?

여긴 다른 누구도 아닌 마법사가 만들어준 공간이 아니던가?

"아! 나는 바보였구나!"

나는 마법사가 만들어준 장기판 위에서 놀아났다. 다른 말로 부처님 손바닥 위의 손오공이 된 것이다.

"하하하. 이제야 눈치 챈 모양이군."

즐겁다는 듯 웃으며 말하는 마법사의 등 뒤로 펼쳐진 거대한 마법진이 빛을 내뿜으며 마법사의 몸 안으로 스며들더니 마법사는 뱀을 닮은 거대한 무언가로 변신해 버렸다.

마법사의 모습은 내가 아는 것과 조금 다르기는 하지만 분명 용(龍)이었다.

영영이나 천마지존과 달리 용의 힘을 가진 것을 넘어 완전한 용으로 변신한 것이다.

용은 중원을 포함한 동방에선 신수 또는 신으로까지 불리는 존재인데 서양에서는 괴물 혹은 악마의 화신이라고 한다. 즉, 서양의 마(魔)의 존재로서 궁극의 형태였다.

용으로 변신한 마법사의 크게 벌어진 입에서 한줄기의 백색 섬광이 뿜어져 나왔다.

드래곤 브레스. 용(龍)의 숨결!

저건 마법사가 만들어낸 환상인가? 아님 실체?

둘 중 어느 쪽이든 막거나 피하지 않을 수는 없지만 피하기엔 너무 늦어버렸다.

진(眞) 금강파천(金剛破天)!

암흑의 불꽃과 황금빛이 뒤섞인 오른 주먹으로 눈앞까지 다가온 용의 숨결을 가격했다.

"크아아악!"

주먹을 포함해서 팔 전체가 부서질 것 같은 통증에 비명을 토해냈다.

실제로 용의 숨결과 충돌하는 동시에 오른 주먹의 살가죽은 불타 재가 되고 그 안의 근육과 신경이 녹아내림과 동시에 뼈가 가루가 되었다가 혈형마공에 의해 순식간에 회복되는 것을 반복하였다. 결과적으로 용의 숨결을 튕겨내는 것에 성공했다.

"호오! 정말 놀랍군."

마법사의 감탄사를 무시한 채 몸을 날려 암화가 이글거리는 왼손을 수도로 만들어 검처럼 휘둘렀다.

진(眞) 마신검(魔神劍)!

[베베베베─ 벤다!]

극오의(極奧義)! 허무(虛無)!

마신검으로 베어버린 용의 모습을 한 마법사를 포함하여 일대의 공간이 와르르 무너지며 사라져 갔다.

"소용없다는 걸 깨달았을 텐데."

공간이 무너지는 곳과 전혀 다른 방향에서 다시 사람의 모습으로 나타난 마법사가 어리석은 제자에게 가르침을 내린다는 듯 말하였다.

"그렇겠지."

나는 고개를 끄덕이면서도 다시 콧방귀를 뀌며 공간을 가리켰다.

"나의 마신검이 벤 것은 마법사 당신이 아닌 이곳 환상이다."

"뭐라고?!"

마법사는 등장 후 처음으로 놀라 소리쳤다.

따뜻한 태양 아래 끝없이 펼쳐진 벌판은 사라지고 내가 처음부터 있었던 어두컴컴한 폐관수련실이 모습을 드러내었다. 동시에 눈앞에서 마법사의 놀란 얼굴을 확인할 수 있었다.

"정말 놀랍군. 나의 심상결계에서 빠져나올 줄이야."

"훗. 심상결계인지 산삼결계인지 환각놀음은 이제 끝나셨나?"

"그래, 끝났다. 하지만 나에겐 다른 마법이 여럿 있지. 예를 들어⋯⋯."

한 권의 책을 꺼내어 펼쳤다.

"이 서적은 나를 마법사로 만들게 했던 마도서 '알 아지프'. 위대한 어둠, 오래된 신을 소환할 수 있다고 한다."

"그래서?"

"후후후. 소환할 생각이다. 세상에 존재하는 모든 신화가 그렇듯 신화에 등장하는 신들은 세상을 창조하고 멸할 수 있다고 하는데, '알 아지프'에 의해 소환된 오래된 신은 과연 세상을 멸할 수 있을까? 궁금하군. '알 아지프'에 기록된 것이 신화 특유의 이야기로 과장되었다고 해도 적어도 중원무림을 멸할 수 있지 않을까?"

마법사의 말과 함께 마도서 '알 아지프'는 나의 전신을 두른 암화(暗火)와 비슷한 어둠의 불꽃에 휩싸이기 시작했다.

우오오오오!

마도서 '알 아지프'를 통해 기묘한 울부짖음이 울려 퍼졌다. 뭐라 설명하긴 어렵지만 불길하기 짝이 없다.

마법사의 말대로 무언가 사악한 존재가 이 세상에 소환될 것만 같았다.

일이 터지기 전에 끝장을 내야 한다.

"거기까지다!"

나는 마법사를 향해 소리친 후 공중으로 몸을 띄운 채로 압축된 암화(暗火)에 휩싸인 오른발을 날렸다.

극(極) 마황각(魔皇脚)!

암화구천마경(暗火九天魔經)이 할 수 있는 사상 최강의 일격!

"마도서의 원전은 결코 파괴되지 않는다고 하지. 정말인지 시험해 볼까."

마법사는 어둠의 불꽃에 휩싸인 채 괴음을 퍼뜨리는 마도서를 내밀어 나의 공격을 막아내려 하였다.

자신만만하게 말하는 마법사를 향해 건성으로 대답해 주었다.

"아! 그러셔. 상관없어."

꽈아아앙!!

마황각과 마도서가 부딪치며 무시무시한 폭발이 사방을 휩쓸었고 폐관수련실은 완전히 붕괴되었다.

시간이 흘러 밖으로 나온 나는 나의 오른손에 의해 밖으로 나오게 된 만신창이의 마법사를 내려다보며 현재의 기분이 어떤지 물어보았다.

"그래서 나와 싸움은 만족했나?"

정상적인 생물이라면 결코 대답할 리 없는 마법사의 입술이 움직이며 나의 물음에 대답했다.

"그래. 재미있었다. 마지막 싸움도 나쁘지 않군. 결코 파괴되지 않을 터인 마도서의 원전이 파괴되는 것을 알게 되었고 말이지.”

마법사의 대답에 나는 고개를 내저었다.

“인생의 끝을 맞이했잖아. 그런데 뭐가 즐거운 거냐고?”

나로선 이해할 수 없는 정신세계였다.

“후후후. 원하는 것을 추구하고 하고 싶은 것을 한 끝에 결과적으로 인생의 끝을 맞이한 것이야말로 즐거운 거지. 솔직히 나는 너무 오래 살았어. 한 번 죽었다 다시 살아나기도 하였지. 서서히 꽃을 피우기 시작한 과학을 포함해서 이 세상에 알고 싶은 게 너무 많아서 결코 죽고 싶지는 않지만. 그것과 별개로 죽는 것도 나쁘지 않지.”

“나는 역시 이해 못하겠어.”

“걱정 말아라. 너도 나이를 먹으면 언젠가는 알게 될지도 모르니…….”

마법사는 그 말을 끝으로 힘이 다한 듯 먼지가 되어 흩어졌다.

그것으로 마법사는 끝을 맞이했지만 정말로 죽음을 맞이한 건지 나로선 알 수 없었다.

다만 두 번 다시 세상에 나타나는 일은 없었다.

무림의 존망을 건 마법사와의 싸움이 끝났다.

인생이 끝나는 것이 아니고 인생이 끝났다고 해도 세상일이 끝나는 것 또한 아니다.

검후 산산과 투희 영영이 평생을 걸고 싸우고 또 싸우는 이야기가 있었다.

독황의 당문천이 마도를 제외한 중원의 앞과 뒷세계 전부를 지배하기 위해 수많은 세력과 고수들을 상대로 온갖 모략과 계략을 벌이는 이야기가 있었다.

표면엔 드러나지 않았지만 황궁에 숨어 있는 대요괴가 일으키는 재앙과 그것을 막으려 하는 영웅의 이야기도 있었다.

그 밖의 크고 작은 수많은 이야기가 존재하며 어쩌면 마황
지존보다 즐거운 이야기가 펼쳐질지도 모르지만, 마황지존의
이야기는 여기서 끝을 맺는다.

나는 할 일 없는 백수다.

과거엔 무림십대고수 중 한 명인 낭인왕이라 불리며 수백
에 달하는 낭인무사들을 이끄는 대장이기도 했지만 살문이라
는 최대 최강의 살수단체와 충돌하면서 대부분의 것을 잃고
말았다.

간신히 목숨만을 건진 채 도망친 나는 동료와 부하들의 복
수를 맹세하였지만 금방 포기해 버렸다. 사랑하는 부인을 만
났기 때문이다.

더 이상 잃을 것이 없는 밑바닥 인생은 두려운 것이 없어
무엇이든 할 수 있지만 사랑하는 이가 생기니 그것을 잃어버

릴까 두려워 움직일 수 없는 것이다.

그래서 복수는 포기해 버렸다.

복수를 포기하다니 사내대장부가 맞냐고 말하는 이도 있었지만 입장 바꾸어 생각해 보자.

복수 따위 허무한 거다. 죽은 사람은 돌아오지 않는다, 라는 말도 안 되는 헛소리는 하지 않겠다.

복수는 통쾌한 것이다.

죽은 사람은 돌아오지 않아도 죽은 사람을 위해서 뭔가 했다는 성취감을 조금이나마 느낄 수도 있을 것이다.

내가 말하고자 하는 건 이론뿐인 헛소리가 아닌 훨씬 현실적인 것이다.

당신이라면 사랑하는 가족이 위험해질 수 있는데 과거의 복수 따위 할 수 있겠는가?

복수할 수 있다고?

그럼 당신은 현재 사랑하는 이나 소중한 사람이 없는 것뿐이다. 아니면 과거의 것을 훨씬 사랑했거나.

나는 현재의 가족을 사랑했기에 과거를 버렸다.

이런 나를 욕할 사람은 마음껏 해라. 나는 전혀 신경 쓰지 않으니까.

나는 사랑하는 가족을 바라보며 백수생활을 즐길 뿐이다.

백수로서 하루하루가 여유롭고 즐거운데, 다만 단점이 하나 있으니 지루하다는 것이다.

저녁에는 같이 놀 술친구가 여럿 있지만 낮에는 대부분 일을 하기에 혼자 지내야만 한다는 것이었다.

젊었을 때는 그나마 낮에도 같이 놀 친구가 많았지만 나이를 먹으면서 점차 사라지는 추세로 지금에 이르러 한 명도 남지 않게 되었다.

아니, 구석구석 찾아보면 나올지도 모르지만 할 일 없는 백수인 나를 능가하는 폐인이 되었는지라 같이 놀고 싶은 마음은 들지 않았다.

그렇기에 혼자 놀기의 진수를 보여주마.

혼자 놀기의 진수는 하늘을 바라보며 멍 때리기가 최고다.

멍 때리기는 시체놀이로 전환이 가능하다.

나의 정신이 무념무상에 이르러 멍해진 두 눈을 감지 않은 채 움직이지 않으면 그야말로 송장이 따로 없다. 어느 날 산에 올라온 나무꾼이 시체놀이를 하는 나를 발견하고 혼비백산 놀라 도망치는 모습이라니. 실로 오랜만에 폭소할 수 있었다.

매일 나무꾼이 올라오는 일도 없고 하늘 보며 멍 때리는 것도 시체놀이하는 것조차 슬슬 지루해지는 찰나, 말동무가 되어줄 사람이 나타났다.

"안녕하신가?"

태어나 처음 보는 색목인 노인이 유창한 중원어로 나를 향해 인사하였다.

보통이라면 놀라며 색목인 노인을 경계하겠지만 나는 보통이 아니었다.

"안녕하쇼."

"후후후. 자네는 재미있군."

나는 당연하다는 듯 고개를 끄덕였다.

"나는 분명 잘난 사람이긴 하지."

"후후후."

색목인 노인은 웃으면서 내가 앉아 있는 맞은편에 위치한 바위 위의 그늘 아래에 앉았다.

어라? 저곳에 앉을 만한 바위가 있었던가? 중요한 일도 아니고 그것에 대해 고민할 필요는 없겠지.

"이렇게 만났으니 이야기나 나누어보지."

"뭐, 그럽시다."

나는 혼자 놀기에 질린 참이고 색목인 노인에게 흥미를 느꼈기에 고개를 끄덕였다.

"그럼 무엇을 이야기하면 좋을까."

"글쎄올시다. 노인장이 알아서 시작해 보세요."

나의 말에 색목인 노인은 고개를 끄덕였다.

"먼저 나를 소개하는 게 좋겠군. 나는 마법사… 라네."

색목인 노인의 중원어는 놀라울 정도로 유창했지만 이름만큼은 무엇인지 알아듣지 못하였다. 근데 마법사가 뭐지? 마도인인 건가?

"이제 보니 마법사이셨구려. 그럼 본인을 소개하는 것이
예의이니. 저는 사천백가의 데릴사위로 지내는……."

나의 이름을 듣자 마법사는 빙긋 미소를 지었다.

"자네 고려 출신이구만."

"어라? 그걸 어떻게 아셨소?"

이름만 듣고, 그것도 데릴사위가 되면서 사용한 가명인데.
어떻게 알았단 말인가?

"후후후. 마법사거든. 모르는 게 없지."

"아! 그렇습니까?"

뭔 말인지 모르겠지만 그냥 그런가 보다 하고 고개를 끄덕
여 주었다.

그 후로 마법사라는 색목인 노인과 이런저런 이야기를 나
누었다.

세상 돌아가는 이야기와 술과 산해진미에 대해, 도박에 대
한 이야기도 나누었다.

아리따운 여인도 아니고 별 쓸모도 없는 잡담이었지만 매
일 혼자 놀던 나로서는 시간 때우기에는 나쁘지 않았다.

어느덧 해가 저물고 마을로 내려가 함께 술이나 마실까 생
각하였는데 색목인 노인, 아니, 마법사는 고개를 내저으며 떠
날 채비를 하였다.

"나는 이만 떠나야 하네. 할 일이 있거든."

"그렇습니까? 그거 참 아쉽네요."

“나도 아쉽다네. 하지만 유익했어. 다른 이유로 찾아왔는데 자네와 같은 좋은 친구를 알게 되어서 말이지.”

“하하. 이거 참. 너무나 당연한 말을 하시네요.”

“후후후. 역시 자넨 재미있어. 정말 마음에 들어. 그래서 하는 말은 아니지만, 가기 전에 부탁하고 싶은 게 있는데.”

“돈은 없습니다. 백수거든요.”

나의 단호한 대답에 마법사는 고개를 내저었다.

“아니, 돈을 꿔달라는 말이 아니라. 자네, 나의 제자가 되고 싶은 생각은 없는가? 강한 힘을 얻게 해주지.”

“제자요?”

이건 또 무슨 뜬금없는 소리란 말인가?

“그래. 자네는 선골(仙骨)을 가지고 있더군. 아마도 선술을 배운 듯싶은데.”

“…….”

중간에 포기했지만 나는 분명 선술을 배우긴 했었다.

선술을 가르쳐 준 사문에 대해 살문의 삼강에게 습격당했다는 이야기도 들었지만 굳이 찾아가진 않았다.

그런 내가 선술을 배웠다는 것을 마법사가 알고 있자 순간 전신에 긴장감이 감돌기 시작했다. 은퇴 후 처음 있는 일이었다.

“중원엔 선인의 씨가 말랐으니.”

“그래서요?”

"나의 제자가 되게. 내가 못다 배운 선술을 전수해 주지. 힘이 필요하지 않은가?"

"별로. 저는 지금으로 만족합니다."

"힘이 있으면 소중한 가족을 지킬 수 있을 텐데."

그 말에 나는 뒤통수를 긁적거렸다.

확실히 힘이 있으면 소중한 것을 지킬 수 있다. 하지만 지키지 못할 수도 있었다.

십대고수인 낭인왕이었을 때는 소중한 이들을 지키지 못하였다.

오히려 과거의 복수를 포기하고 아무것도 하지 않았을 때 지금의 사랑하는 가족을 지킬 수 있었다고 생각한다. 무언지 올바른 것인지 모르겠지만 나는 지금의 삶을 고수하기로 결정했다. 그걸 그대로 말하는 것은 창피하니 대충 얼버무려 볼까.

"그건 그렇겠지만, 귀찮아서요."

마법사는 나의 대답에 일순 멍한 표정을 지었다가 폭소하였다.

"하하하! 그렇군. 역시 재미있는 사람이었어. 그럼 나는 포기하도록 하지."

"예. 죄송했습니다. 모든 건 잘난 저의 잘못이 크지요."

"후후후. 그렇군. 그럼 나중에 보세."

마법사는 그 말을 끝으로 모습을 감추었다.

"대체 뭐였던 걸까?"

단 하루 한나절에 있었던 일화로 보기 드문 색목인 노인이었기에 기억에 뚜렷하게 남아 있었다. 뭐, 그다지 중요하지 않은 평범한 이야기일 뿐이다.

『마황지존』完

후기

5권을 쓴 후 갑자기 탈력이 와 이 주일의 시간은 날려 버렸지만, 소음 문제로 골머리를 썩였던 노트북에서 한결 조용한 넷북으로 갈아타고 여름 더위까지 사라지면서 지금까지 마황지존을 썼던 중 가장 빠르게 글이 막히지 않고 잘 써지기 시작했습니다.

하지만 이번이 마지막 권. ㅜ.ㅜ

모든 것은 미숙한 저의 잘못에 있습니다.

다음 작품이 과연 책으로 나올 수 있을지 모르겠지만 만약 나온다면 더욱더 훌륭한 작품을 빠른 시간 안에 쓰도록 하겠습니다.

운명을 뛰어넘는 담대한 도전!

황제마저 농락한 숭문세가의 공자 문천추(文千秋).

용문에 이르기 전까지 그는 시문과 서화를 즐기며 대하를 누비는 한 마리 커다란 잉어였다.

그러나 운명은 그를 용문(龍門) 앞에 이끌었다.

용문의 드센 물살을 거슬러 올라 용(龍)이 될 것인가, 아니면 용문점액의 상처를 입고 추락할 것인가.

죽음의 하늘 사중천(死重天)!

오로지 파괴와 살육만을 일삼는 사마악(邪魔惡)의 결집체.

사중천의 어둠은 태양마저 가리며 천하를 뒤덮는다. 마침내 죽음의 하늘과 맞서는 용 울음소리.

천추(千秋)에 빛날 문무제일공자의 호쾌한 행보가 시작되었다.

War Mage

워메이지

김재한 퓨전 판타지 소설

사람들이 인식하는 상식의 세계 이면,
짙은 어둠이 드리워진 그곳에 사는 괴물들이 있다.

문명이 드리운 그림자 속에서, 전투기계들과
인간의 사념으로부터 태어난 마물들이 격돌한다.
마법과 주술이 난무하는 초현실적인 전장,
소년은 그곳에 서는 대가로 인생을 잃었다.
운명의 노예가 되어 가족과 인성을 잃어버린 소년, 진유현.

총염(銃炎)과 검광(劍光)이 뒤얽히는
어둠의 거리에서, 운명의 족쇄를 끊고 나온
소년의 눈이 살의를 발한다.

유행이 아닌 자유추구 -
WWW. chungeoram.com
Book Publishing CHUNGEORAM

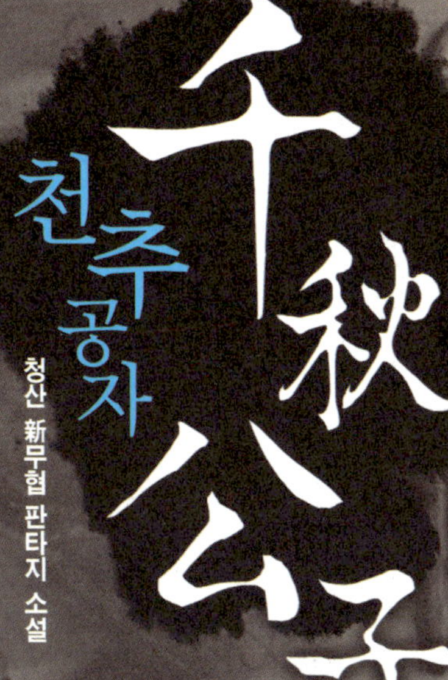

운명을 뛰어넘는 담대한 도전!

황제마저 농락한 숭문세가의 공자 문천추(文千秋).
용문에 이르기 전까지 그는 시문과 서화를 즐기며 대하를 누비는
한 마리 커다란 잉어였다.
그러나 운명은 그를 용문(龍門) 앞에 이끌었다.
용문의 드센 물살을 거슬러 올라 용(龍)이 될 것인가,
아니면 용문점액의 상처를 입고 추락할 것인가.

죽음의 하늘 사중천(死重天)!
오로지 파괴와 살육만을 일삼는 사마악(邪魔惡)의 결집체.
사중천의 어둠은 태양마저 가리며 천하를 뒤덮는다.
마침내 죽음의 하늘과 맞서는 용 울음소리.

천추(千秋)에 빛날 문무제일공자의 호쾌한 행보가 시작되었다.

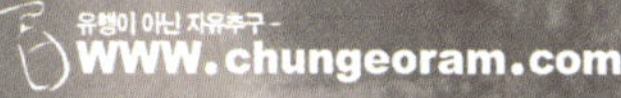

少林棍王
소림 곤왕

한성수 新무협 판타지 소설

감동의 행진을 멈추지 않는 작가 한성수!

구대문파 시리즈의 두 번째 이야기 『소림곤왕』!!
그 화려한 무림행이 펼쳐진다

"너는 지금부터 날 사부님이라 불러야만 하느니라.
소림사의 파문제자인 나, 보종의 제자가 되어서 앞으로 군소리없이 수발을 들고 모진
고통을 이겨내며 무공 수련을 해야만 한다."

잡극계의 천금공자 엽자건!
소림의 파문제자 보종의 제자가 되다!!

역사와 가상.
실존의 천하제일인과 가상의 천하제일인에 도전하는 주인공!
이제부터 들어갑니다. 부디 마음껏 즐겨주시기 바랍니다.
– 작가 서문 中에서.